All the People Were Mean and Bad

Lucy Caldwell

所有人都刻薄又邪恶

[爱尔兰] 露西·考德威尔　著

颜　歌　导读　刘　伟　译

上海译文出版社

献给奥尔拉·罗丝

还有我们、你，即将去往的所有地方

还有
时刻拥抱事物、人、地球
天空和星辰，自由地，带着
适度的空间感。

——弗兰克·奥哈拉
《与太阳和火岛交谈的真实经历》

目 录

序

水的丰盛

——露西和露西·考德威尔的小说

颜　歌

二〇一九年秋天，我和露西去爱尔兰金赛尔（Kinsale）文学节做活动，宣传《多种多样：爱尔兰新小说》。这本由她主编的合辑里收了我的一篇小说。作为主编和作者的我们从初夏开始，已经一起在爱尔兰和英国陆续做了好几场活动。在斯坦斯特德候机时，我告诉露西我准备在这次活动上读点不一样的，可能从我年初完成的一篇小说里找个片段。“这次我也要读，”她跟我说，“本来我跟主办方说了我是作为主编来参加活动的，不想读自己的东西，可是他们非要让我读一点，我也就带了一篇我前段时间写的短篇。”

我对露西作为作家的盛名当然早有耳闻。她年少成名，出了好几部书，包含长篇、短篇集和剧作集，在英国和爱尔兰收获了不少文学大奖。但说来惭愧，直到那时，我并没有读过任何她的作品。在金赛尔的活动上，我和露西还有主持人坐在一个小教堂里，面对下面长椅上的读者，我先读了我的小说片段，然后她从她的手提包里拿出来了薄薄一沓订在一起的A4纸。

“这是我的一篇新小说，”露西说，“这还是我第一次在公开活动上读它。”

她的声音一如既往地温柔，甚至有些羞涩，接着她把纸展了展，坐直了些，开始念：

事物的名称

我们在谈论莫妮卡·莱温斯基。我的朋友在谷歌上搜索她，陷入了深夜的互联网兔子洞，然后她意识到，当那一切发生时，她只有二十二岁。

妈的，我说。

我懂。才二十二岁，对不对？

我们俩都没再多说什么。心不在焉地，我们来回摇着各自的婴儿车。有时候就算宝宝不在车里我也会摇婴儿车。有时候我来回摇超市购物车。

当露西读着这些句子的时候，她的声音改变了，不再是那个我熟悉的温和而纤弱的声音，变得浑厚用力。当她念对话的时候，她的声音里甚至有某一种我不曾听过的口音，那是故事里的女人，住在伦敦的来自北爱尔兰的女人。

我听她念这个故事，那么地简单、直接、深刻、有力。而台下本地的观众，他们的银发被透过教堂花窗的阳光染出了瑰丽的颜色，听露西在台上念："……你还记得那个时候你是怎么想的吗？……"我无法从观众克制而祥和的面部表情猜测出他们的想法，是不是也想到了那时候我们对莫妮卡·莱温斯基的轻蔑和憎恨。

露西说："……那只是一种表达方式。"

我和露西在金赛尔待了两天，反复地去本地的一家小酒馆吃饭，喝着白葡萄酒聊天。"你读那个故事，听得我起了鸡皮疙瘩，"我说，"实在是太棒了。幸好我在你之前读了，不然我简直没脸读我的。"

"你太客气了，"露西说，"我最近在写这样的一些故事，希望能再做一个短篇集。"

“我真的太喜欢你读的开头片段了。”我说，“真想把整个故事都读完。”

“我可以把打印稿给你，”露西说，“你不介意的话。”

从爱尔兰回到英国，在从斯坦斯特德机场回诺里奇的火车上，我握着那沓 A4 纸读完了那个故事。*Words For Things*。露西的句子像水一样透明而柔和，铺展开来又像刀一般锐利和深刻。故事里的场景，从现在到过去再回到现在，陈列在一起聚集成一个丰盛复杂的、向内衍生的漩涡。故事结束的时候，火车窗外最后的天光正要隐去，而我被卷入了漩涡的底端，眼睛里全是泪水，胸口被一种我从来没有体验过的力量紧紧地挤压，那是一种纯粹而凝练的文学的力量，一种激昂而宏大的女性的力量。

从那时候起，我开始读露西的小说。虽然我们年龄相仿，生活上也是亲近的朋友，但我是用读经典的心情来读她的故事的。露西·考德威尔的作品平易又精练，细腻又透彻，激进又充满同情，它们实现了两种在我此前的阅读和写作体验中似乎不可能同时见到的状态：又是雄浑的，又是女性的。考德威尔是我们这个时代超凡的女性小说家——在这里，“女性”并不是作为定语来限制和分类，而是作为中心语的一部分来强调和升华。在她的故事里，无论是《十三岁》《杀戮时间》，还是《人们对你说出所有秘密》《陶罐》，女性都是作为个体存在。在社会、伦理、宗教的系统性和性别桎梏里，她的角色们如水般存在着，或在深井中，或在激流里。考德威尔用节制而充满张力的语言描绘她们的存在，不是立意于表达反抗，也并非希望达成申诉，她平静、幽微、多样的叙事表达就是这宏大的力量本身。

在她获得 BBC 短篇小说奖的故事《所有人都刻薄又邪恶》里，考德威尔的标志性叙事方式无处不在，且全都精妙入神。第二人称的叙事快速地为文本建立了一种亲密又略带疏离的语调（考德威尔是第二人称叙事的高手，她的第二人称故事的成功和近年来英语世界里用“你”来讲故事的流行不无关系）；《圣经》故事的引入带来文本互涉（intertextuality）的丰富隐指和层次；看似轻描淡写的笔法一触而多发，推动故事，塑造内心，搭建鲜活的背景；每一次的情节加速都自然且微妙，展开我们之前不曾料到的那些人物内心的幽微和曲折；在故事的进程中，我们被自然而然地引导着往前走，对情节的去向丝毫无法预知，却充满了兴趣和期待；这样的期待不断地爬升，直到故事的结束——考德威尔的故事总是结束在最完美的节点上，让我们的期待同时落空而又被满足，让故事虽然完结却依然保持着在我们内心的回响。

每次和其他写作者讲到短篇小说，我都会说每一个短篇故事应该至少包含两个故事，一个被讲述的故事和一个没有讲出来的故事。而露西·考德威尔短篇小说的丰富性往往远远超出了双重，我时常惊叹她如何在一个几千字的故事里囊括那样的一个宇宙：城市、国家、宗教、战争、历史、政治、人物，各自的过去，不自知的内心，所有矛盾、挣扎、和解和凝视。正像爱尔兰作家凯文·鲍尔（Kevin Power）所说："没有人可以在一篇短篇小说里融入比露西·考德威尔更多的东西，也没有人可以比她看起来做得更少。"

去年六月，被新冠延期了三年之后，我终于去到了贝尔法斯特，和露西一起参加一个文学节。这一次是为了宣传我的英文短篇小说集，她作为文学节的资深顾问和我的活动的主持人，我作为新书作者。活动后，露西的朋友、北爱作家以及女王大学英语系教授格伦·帕特森（Glenn Patterson）来找我们喝酒，格伦跟我讲到露西写完她长篇小说的第一稿之后，他曾经陪着露西把故事里面所有出现的街道都重新走了一遍，观察现实，对照历史，确保故事里的细节都准确无误。

第二天，格伦开着车，和露西一起带着我参观贝尔法斯特的街道和它众多的、当年为了阻隔手榴弹而修建的"和平墙"。格伦一边开车，一边如数家珍地告诉我哪一年哪一月在这个路口、这条街、这栋楼边上有了暴乱、枪战，死了多少多少人。我们沿着香克尔路 (Shankill Road) 开，在黑山的阴影下。忽然地，我想到了露西笔下的那些贝尔法斯特的少女，那些尖锐的、眩晕的、肆虐的时刻，想到了《阿里阿里哦》里坐在母亲车里穿行在这座城市的三姐妹。我们的车开了快三个小时，从西边开到北边，最后开到了东贝尔法斯特，露西长大的地方。

"你要去看露西的壁画吗？"格伦问我。

"别闹了，格伦。"露西说。

"露西的壁画？"我说，"我当然要去看了。"

“必须去看，过了这条街就是。”格伦说。

那是一个贝尔法斯特少有的艳阳天，水泥混凝土的路面被照得发白发亮，显得两侧的楼房更加陈旧而荒凉。很快，我看到了那面伫立在街边花园后的高墙，占据整个墙面的一幅巨幅壁画，上面约有十个人物，都来自东贝尔法斯特，有乔治·贝斯特（George Best）、范·莫里森(Van Morrison)，还有露西——她标志性的齐肩直发，清澈的眼睛，微笑着，就在群像的正中间。

“你俩要不要去跟考德威尔合个影？”格伦说。

2024年5月7日于英国诺里奇

如此这般

事情是这样的。

那是个星期二或星期三，那种漫无形状的周中的一天，还没到周末，但至少不是周一。十一月。灰雨笔直地落下，这让你还有其他人，都再也无法佯装那不是真的在下雨，浅水观赏池中那条愁眉苦脸、无精打采的金鱼也无法再唤起哪怕一分钟的兴致。池塘对面是一家企业律师事务所，有一个狄更斯式的名字，而且一直有传言说，它建在欧洲最大的藏尸所上面。那里有一个珀斯佩有机玻璃地板，你可以在上面走过或爬过，头晕目眩地俯视古罗马城墙和青铜雕像所在的地方。下面的一层层。尸骨。通常情况下，金鱼和地板足够消磨半小时。有时还会有辆巴士，一辆红色的老式双层巴士，被改装成了木偶剧院，但今天没有。

你的大脑一片空白。

幼儿在哭闹，婴儿也在哭闹。他们当中的任何一个——或者两个同时——都随时有可能来一场大爆发。你掀开防雨罩的翻板，伸手去抚摸婴儿柔软潮湿的脸颊。她转过头来，嘴巴盲目地探寻着，试图吮吸你的手指。出门前你喂过她，还不到一个小时，她不可能是饿了，除非她又到了新的猛长期——她究竟多大了？

可怜的第二胎。你曾虔敬地记录她哥哥的年龄，一天天，一周周，一月月，直到月非常现实地进位为年。但你已经数不清婴儿有几周大了。你感觉是十二周，也可能是十三周？这种倦怠起初让你痛苦，让你难以置信地大笑，冷冷地自嘲。但这一次，你甚至没有精力自嘲了。

“你饿了，”你说，“可怜的小东西，你饿了。”

“我也是，”幼儿忿忿地说。“我也饿了。坏妈妈。”他又说，因为出门前你忘了补充零食盒。你“啪”地打开盒子，发现里面只有一根久经考验的香蕉，已经发黑，伤痕累累，被嫌弃地拒绝了。除此之外还有一些米糕的碎屑，此刻已融化在律师事务所的池塘中。

因此，尽管你们一家四口仅靠一份工资外加一份微薄的哺乳津贴过活，不该去弗兰奇餐厅用餐，但你还是走了进去。它在室内集市里面，可能是这附近为数不多的能对小男孩和婴儿表现出些许容忍的地方，甚至能容忍这两者同时在场，至少在午餐高峰之前是这样，至少对那些不会在十一点十七分吃午餐的正常人来说是这样。

走进弗兰奇餐厅，在柜台点餐，今日份“吃还是不吃”食物大乐透，选择一张桌子，跟一摞不服从指挥的高脚椅搏斗，高脚椅被拒绝，菜单，蜡笔，一层层哺乳套衫和顽固的内衣搭扣，嚎啕大哭的婴儿终于含上了乳头。用左手切食物，半哄半骗地塞进飞机那么大的一大口，婴儿停顿了一下又接着大哭，给她拍嗝，给她换另一边的乳房，折断的蜡笔，再给飞机库塞进一大口——不好意思我说的是货机。把婴儿移到婴儿车里，让她平静下来，半哄半骗地把安全带拉过她的肩膀（我们为什么没买一辆座椅正合适的婴儿车呢?），然后扣紧。现在终于轮到你喝杯茶了，茶还热着，因为他们是用烫死人的蒸汽做的——

“我要尿尿。”幼儿说。

你无助地转向他。无障碍卫生间又坏了，你可以从这里看到门上的黄色标志。无性别厕所的宽度不足以容纳婴儿车，如果你现在把婴儿抱出来，她会醒过来并发出嚎叫，你将不得不再次给她喂奶，把她哄睡着，而那样她就会生病，因为她已经狂饮到醉奶了。

“我现在就要尿尿。”他说。

“好，”你说，“等一下。”

“妈妈，”他痛苦地大喊，“我快要尿出来了！”

“去吧，”你旁边的女人说，“我替你看着婴儿车。赶快去吧。”

“你确定吗？”你感激地说，已经去拉幼儿的手了，“太感谢你了，谢谢。”然后你带着他朝厕所冲去，于是，事情就这么发生了，连一秒钟思绪断裂的颤抖都没有。

应该说，你跟这个女人有过友好而漫不经心的零星交谈。在你们那如商队客栈一般的混乱中，她曾对婴儿评头论足，对幼儿嘘寒问暖，还问他在画什么。母乳喂养，你做得很好。对他们来说是最好的开始，这一点毫无疑问。我自己的孩子就没能坚持下来。一个明显的话茬，你礼貌地接住了：哦？你也有孩子吗？嗯，早就长大了。一个男孩一个女孩。跟你一样。时光飞逝啊。真的吗？相信我。还在战壕里的时候不觉得，但没错，事实就是这样。我相信你。

你在隔间里弯腰抱着他，背部阵阵疼痛，马桶太高了，你把他悬在上面，因为他拒绝坐上去，他坚持说男孩子要站着尿尿。就在这时，你脑中闪过那个念头，你把你最柔弱最珍贵的东西交给了一个完全、彻底的陌生人。

不，你告诉自己。不。她也有孩子。她说过。然后你又想：你对她没有一丁点儿了解。你当然会说自己有孩子。换你也会这么说的。那她为什么如此热衷于跟一个明显精疲力尽且四面楚歌的新手妈妈搭话？那么迅速就坚持要你把婴儿车留给她看管？

“快点。”你冲儿子低吼。你甚至说不出那个女人的长相。棕发，戴眼镜——她戴眼镜吗？五十岁？六十岁？衣服是……黑色的？你把儿子的内裤和长裤猛地拉起来，把他匆匆拖出隔间门，径直略过了水槽。

“可是，妈妈！”他生气了，“我还没洗手。必须要洗手，必须要！”

“这次不洗了。”你厉声道，拖着那具抗议的躯体走到门外。

你的心脏猛烈撞击着胸膛。

婴儿车还在那里。

一瞬间，你的四肢变成了果冻。你紧紧攥着幼儿的手，靠在别人桌子的金属边缘上稳住自己。婴儿车还在那里。某个巨大而古老、业已灭绝的生物震颤着翅膀掠过你，将你穿透。突然的释怀让你觉得恶心，你跪下来，抱住你的儿子。

“宝贝，妈妈很抱歉。妈妈不是有意要发火的。”

他冲你眨了眨眼睛，犹疑、不安，这个你情绪和思想的小小晴雨表，被突如其来的多重压力迷惑住了。

“我很生气，”他说，“我比你更生气。你必须要洗手。”他的小脸上满是震怒，小小的下巴继续扬起，看起来很不妙，那是崩溃的前兆。

“我知道，”你说，“我知道，宝宝，妈妈很抱歉，妈妈非常抱歉。我们去找你的小妹妹吧，然后你去吃块饼干好不好？还是喝杯奶昔？你想要哪个？奶昔还是饼干？”

他瞪着眼睛，半信半疑。

“一杯奶昔再加一块饼干。”他说。

“好，”你说，“那就一杯奶昔、一块饼干。”

“一杯草迷奶昔。”他说，自我感觉占了上风。对他的爱突然将你征服，这个才两英尺[①]高的暴君，还不会说“草莓”。

“当然可以，草莓奶昔。走吧。”

你穿过桌子，去找那个女人道谢。起初你没看见她，在午餐的第一批客流中，柜台前的长队蜿蜒经过你的桌子。抱歉。对不起，麻烦让一下。你的儿子也跟着附和：“哔，哔！”

挂在婴儿车上、婴儿睡着时用来挡风的薄纱掉到地上了。几乎在你意识到这一点之前，某个东西又颤抖着穿过你。还是那些翅膀，终究没有被打败，甚至没有回撤，只是转了个弯，画了一个更小的圈，在空气中缓缓荡漾。

他们一直没有找到那个女人，也没有找到婴儿。监控录像、夜间新闻、《旗帜晚报》的头版：一无所获。朋友和好心的陌生人都说，这不是你的错，或者说，这种事有可能发生在任何人身上，当然了；当然并不可能，也不

① 1 英尺等于 30.48 厘米。

会。车站的女警说，很抱歉，但是我想确认一下，她对你来说是个陌生人吗？一个彻头彻尾的陌生人？一个你以前从来没有见过或交谈过的人？

你亲爱的、亲爱的宝贝，以及你知道的关于她的一系列事情。她那还握着拳头的手，她刚会笑时的样子。她双脚和手肘上粗糙、柔嫩的纹路，你每天晚上都在那里涂抹润肤露。把温软的襁褓放到睡篮里时的感觉，先是屁股，然后是轻轻摇晃的头颅。她惊奇地注视着尿布垫上方飞机移动的样子。接种疫苗后的那些晚上，她体温升高，小小的身体抽搐着，颤抖着，你抱着她，摇摆她，晃动她。她那火烈鸟图案的婴儿连体服，恐龙图案的小背心。她吃奶时放到你胸前的小手。尽管如此，夜复一夜，年复一年，你的身体仍旧为她感到疼痛。

岁月蹉跎。他们分别是三岁和一岁，在公园里亮闪闪的喷泉中间相互追逐；四岁和两岁，正在喂天鹅，肩并肩吃着超大号的冰激凌；七岁和五岁，在蹦床上；八岁和六岁，九岁和十一岁。十二岁，十三岁，十四岁，青少年，盟友和仇敌，正式成人，继续着，继续着，消失不见。

婚姻没能维持下去，或者说，它维持到新生儿出生，而你太过内疚，被焦虑摧毁，甚至没办法去抱它，更不用说冒着风险去爱它了。你的丈夫要求两个孩子的监护权，你没有反抗。考虑到男孩的因素，你们继续待在一起，但按照双方的协定，一等他年满十八岁你们就会分开。当然了，你们没有接着生孩子。男孩完全不记得他的小妹妹，虽然有时候他假装记得。

“妈咪，”儿子说，“妈咪。”拽着你的手。

“我的宝宝，”你冲着咖啡馆里所有的人说，“你们看见我的宝宝了吗？”

询问。普遍而随机的询问，一开始声音太大了，然后变得更大。我的宝宝，你们看见我的宝宝了吗？

一些面孔转向你，停止交谈，警惕，困惑。

“你妈妈把她带走了。”有人说。

“我妈妈。”你说。你的妈妈。你的妈妈在对岸，几百英里之外。

“不，”你说，“不，不，我妈妈不在这里，她不是我妈妈，她去哪里了，你们看见了吗，她去哪里了？”

一张张面孔，一片空白。

“就在那里吧，我觉得。”门的方向。

大庭广众：面孔，交谈。到处都是深色外套，褐色头发。一个十几岁的女孩过来了，脸颊上还有青春痘，戴着弗兰奇餐厅的棒球帽和徽章。

“请问，有什么可以帮到你的吗？”

“她找不到她妈妈了。”

“她不是她妈妈。”

突然之间，你说不出话了，突然之间，她就在那里。穿着海军蓝夹克和牛仔裤，戴着玳瑁眼镜——没错，一条鲜艳的丝巾绕着脖子打了一个结（你怎么可能忽略这条丝巾呢？），灰棕色的波波头，用双臂摇晃着婴儿。

你的婴儿。

“我们醒了，”她说，“对不对，我们醒了，所以我们去散了散步，对吧，我们去散步了。”

“都还好吗？”弗兰奇餐厅的女孩说。当你把孩子夺回怀中的时候，她来回看向两边。哦，她温暖的重量，这正是她的感觉，就是这样。她细软的头发，她的脖子，她身上的奶香味，就是这样。

“都还好吗？”弗兰奇餐厅的女孩又问了一遍。

“她从来不会醒。”你说。

那个女人冲你眨了眨眼睛。

“她从来不会醒，”你说，感觉自己的嗓门在升高，“她只要吃饱了，像这样睡着，就不会醒，除非有人打搅她。”

“她醒了，”女人说，“我不想让她在那里哭，所以我把她抱起来了。”

一路跋涉回家，浑身湿透，笨重的婴儿车在光滑的路缘石上颠簸，你已思绪飞扬，唯独没有想到这件事，这真是难以置信。世界之间的面纱，逐渐合拢的皮肤。一个流浪者造访了另一个世界，并在那里度过了一生，但回到自己的世界后，却发现时间连一分钟都没有过去。现在，你只想让这一天结束，结束在那一刻，那时孩子们刚洗完澡，盖好被子并拉上拉链，塞在羽绒睡袋里，面色潮红，张着嘴巴，安然入睡。你呼出一口气。

这仅仅只是开始。

五月天

十天后，包裹终于来了。那是个小小的棕色软垫信封，她的名字和地址印在一张白色标签上。邮戳是荷兰的。里面有一板吸塑包装的药片，一片圆形的，四片椭圆形的。没有说明书，没有注意事项，也没有任何可以辨识寄件人的东西。在走廊里，她当场按出那个圆形药片，试着把它吞下去，但她的嘴巴太干了，感觉药片卡在了喉咙后面。她走到厨房，倒了一杯水，全部喝了进去。杯子颈部有一层斑驳、干掉的水垢，水喝起来有些臭烘烘。她仍能感觉到那片药的存在，被卡在那里。曾经有个大一新生，地理系的，在服用网上购买的减肥药后不幸身亡。被活活煮死：报纸上就是这么说的。有一张他躺在病床上的照片，脸肿得似乎没有了眼睛，躯干和手臂上的皮肤形成粗糙的红色斑块，片片剥落，每片都有梧桐叶般大小。他父母将照片发布出来用作对众人的一次警示、一种告诫。

那是四月的最后一天，经过反复计算，她发现自己只剩不到一周的时间了。

一段记忆：十一岁时，少年弦乐团去康洛赫[①]过周末。周日上午，天主教的孩子们去海湾路的大教堂做弥撒；几个新教徒本该留在德拉马拉住宅区，和大提琴老师一起唱圣歌，但她跟那些天主教徒一起去了。他们一起走过岩石海岸，然后去了村里的糖果店。某种禁令的感觉。她的朋友们排队领圣餐，她也学着他们的样子，跪下来张开嘴巴，让牧师把干燥的圆饼放在她的舌头上。她嚼了嚼，然后咽下去了。事后，他们说她会下地狱。他们想尽办法让她知道自己犯了弥天大罪，而且因为她不能去忏悔，所以无法得到宽恕。而且她还咀嚼了。他们开心得乐不可支。她哭了。大提琴老师告诉她那些是无稽之谈，告诉其他人这么做很傻，还顺便告诉他们《新约·约翰福

① Carnlough，北爱尔兰安特里姆郡拉恩镇的一个村庄。

音》第六章描述食用圣餐的词可以被理解为“咬”或者“嚼”，所以他们赶紧走开吧，一切到此为止。开个玩笑罢了，他们说。

她已经很多年没有想起过这件事了，但现在它却浮现出来。他们练习用的那个积满灰尘的房间，一束束光柱，那片小小的岩石海岸上的鹅卵石。还有天主教堂彩绘玻璃上朱红色的光。

现在她不知道该拿自己怎么办了，不知道该如何处理剩下的时间。她看了手机，十一点十一分。明天，这个时间，就要吃下剩余的药，一次吃下全部四片。如果她抓紧时间，仍能赶上中午的讨论课。但她整个星期都没去上课，没有为讨论课做准备。她喜欢那个模块，喜欢那个导师，希望能好好表现。上学期，她的指导老师说，她的想法可以发展成一篇博士论文。这句话在她脑中回荡了好几周。所以现在她走回房间，坐在书桌前，翻看讲义和阅读书目。《性别、家庭、信仰：规范和争议》《〈失乐园〉面面观》《思想的内战：政治 vs. 宗教》。在十七世纪，你根本无法摆脱宗教。她伸手去拿《诺顿选集》[1]，随意翻开。一首叙事诗。她浏览了最前面的几个诗节：

永别了，报答和精灵，
好主妇们现在可以如是说。
因为现如今乳品厂的荡妇们
也跟她们过得一样优越

哀叹，哀叹，古老的修道院
精灵们失去了指挥权；
除了改换牧师的婴儿，它们一无所能
但有些人却把你的国度改变

你所有的孩子从那里被偷走
自此过上换生灵的生活

她停下来，心怦怦跳。荡妇。不合法的孩子。换生

① 由诺顿出版社编选的世界经典文学选集。

灵。还有供人指责的精灵。她想，再没有什么东西是中性的。再也没有了。

随后，她告诉自己，放聪明点，然后她又大声说了一遍。放聪明点。你给我放聪明点：他们以前在学校经常这样说。你给我放聪明点。她强迫自己把电脑唤醒，敲出那首叙事诗中的几行。都会好起来的。一切都会好起来的。

她合上笔记本电脑，躺在床上，细细查看自己的身体，寻找所有开始感觉异常的迹象。如果什么都没发生呢？如果为时已晚怎么办？问题是，你发现了，然后你想，好吧，九周，那还有好远呢。但随后你用了网上的计算器，带着一阵惊恐意识到，已经超过六周了，接近七周。他们计算的方法让人感觉不公平。九周不算什么。九周给你的时间不比两周多。星期天晚上她找到了那个网站，周二便下定决心发出了订单。但仍旧有可能太晚了。如果她晚了几天才发现。如果是在她回家的时候发现，或者在她拥有信用卡或 PayPal 账户之前。想想就受不了，但这些想法反复涌现，用两周时间碾出了一道陈旧的沟纹。如果在英国，全科医生会给你开这种药，一模一样的东西。你应该已经按医嘱服用过了。一切都已结束。如果这个办法不奏效，她仍有其他选择。伦敦，或曼彻斯特：她在网上研究过那些诊所。她想知道，如果真到那一步，她会不会告诉妈妈。妈妈会安排预约，预订机票，支付酒店的费用。会在候诊室握着她的手，并在术后拥抱她。妈妈不会朝她大发雷霆，或者哭泣，就像电影中那些母亲一样。妈妈会务实而冷静：她能处理这一切。为什么她没有告诉妈妈？妈妈把她们三个养大成人，让她们相信自己能做任何想做的事，相信自己跟男人一样出色，相信女人有选择的权利。妈妈会帮助她。她妈妈会在这里，此时此刻。

她为她感到痛心。

另一段记忆：青少年辩论俱乐部，四年级还是五年级。克里·弗格森拿着一沓 A4 纸图片给大家传阅，上面是婴儿们在子宫里微笑，吮吸着自己的大拇指。克里·弗格森说，女人们真该把它们生下来。她们应该生下来，把它们送给那些想要孩子的人。几乎没有人投赞成票。事后，她妈妈问她那天怎么样，她羞愧得无法提起这件事。

白天慢慢流逝，点滴汇入黑夜。从她房间的天窗看出去，天空高远而苍白。室友的声音传过来，锅子的碰撞声，烧饭的味道。有人在院子里抽烟；那股味在她的胃里翻腾。有什么事情已经在发生了吗？网站上说，饮食如常，避免饮酒，以免它影响你的判断力。她一整天都不觉得饿，只吃了几根烤麦片棒，一把脆皮坚果玉米片。一个室友敲了敲她的房门。她还好吗？是的，很好，她说，痛经。哦，天啊，真可怜，如果你需要的话，我这里有布洛芬。不用了，非常感谢，我这里也有。好的。听我说，如果你感觉好些的话，我们去喝杯啤酒吧。谢谢，不过我想我就待在这里吧，看点什么。好的，不错，如果你需要什么，叫我们一声就是了。好的，回头见。再见。

此刻，天空中布满了粉色的条纹。她的手机发出提示音，妈妈发来短信：奶奶又被送去了阿尔斯特医院，又是胸部感染。每当这种情况发生，他们都会觉得可能就是这一次了，但不知为何从来不是。在经过五天的抗生素治疗后，奶奶又被送回养老院，躺在她的塑料床单上慢慢腐烂。她不知道该怎么回复。妈妈是暗示她去探望吗？她没办法踏进医院：如果它在那里开始发生怎么办，当着所有护士和医生的面？（如果出现并发症、不得不去医院就诊，不用告诉他们。他们看不出来，而且他们没必要知道。不管怎样都是同样的治疗。没有证据能表明你服用了什么，做了什么。）她开始回复，然后又删了。她的手机又响了。不是想吓唬你，她妈妈说，只不过是同一个悲伤的故事，只是觉得你会想要知道。一连串的X和O。然后是第三条消息：你星期天回来吃午餐吗？

她眨眨眼睛。星期天。星期天午餐。希望如此。她回复说，然后又说，对不起，论文难产。听到奶奶的事很难过。

妈妈说，爸爸在她身边。太让人难过了，是不是？可怜的爸爸。

我会给他发短信的。她说。

几分钟后，妈妈又发来一条短信：论文好运！后面跟着一个钢笔的表情，几本书，一杯咖啡，还有一个仓鼠的脑袋。然后是另一条文字："对不起！本来想发一只幸运猫。我该戴眼镜了！"

童年的某个晚上：也是这样的时节，漫长的白日，和苍白明亮的天空。爸爸要妈妈那周找个时间去探望奶奶，然后某天晚上，游泳课之后，她们去了。她们争先恐后跑出汽车，抢着跑过绿地，然后停下来，等待着，至于其中原因，她们无法诉诸言语。湖面上吹来一阵凉风，直接穿过她们的制服，绿色的工装裙和蓝色的夏季上衣。她们头顶的头发已经晒干了，但脖子后面的依然湿着，皮肤上散发出氯胺干净而刺鼻的味道。妈妈赶上她们，拉住小女儿的手。房子的露台都铺着鹅卵石，每扇大门都像娃娃屋似的，配有无懈可击的玫瑰或者修剪得像盒子一样整齐的树篱。房子后面是车库，再过去就是树林。虽然她们这样称呼它，但那并不是真正的树林，只是房子后面一丛丛茂密的落叶松。落下的松针让地面变得柔软而富有弹性，根本不像是地面。它们还吸走了所有声音，路上的声音，以及另一侧住宅区的声音，以至于你只需穿过第一排树，感觉便像隔着千里，隔着数年。但就在那时，奶奶粉红色的脸庞在门边的起泡玻璃上若隐若现，而且门是向里开的，没办法让她们一次全部通过。奶奶摸摸她的头发：怎么了，出了什么事吗？

奶奶的牧师也在那里；他在母亲联合会后顺路拜访。桌子上有几片涂了黄油的水果面包，还有一盘燕麦饼干。电暖器被拖到房间中央，正立面的三根电热管都发着光。牧师站起来，向妈妈打招呼，然后一一叫出她们的名字。尊敬的牧师是从照片上认识你们的，奶奶说，又摸摸她的头发，拉了拉她的上衣。她的小妹妹上前几步，做了一个脚尖旋转的动作。你喜欢我们的新发型吗？她们都为夏季学期剪了头发，从差不多齐腰长剪成了波波头，因为有虱子——但牧师不需要知道这些，她们看到了妈妈眼中的警告。她们都甩着头，展示发型是如何飒爽。尊敬的牧师说，虚荣，虚荣，然后奶奶笑了，但他一脸严肃。虚荣，虚荣！他又说了一遍。年轻女士的虚荣是一件可怕的事，因为它根深蒂固，而东西一旦长歪，就无法让它变直了。奶奶看着他，不再笑了，在那之后，她不再欣赏她们的发型，甚至不敢看她们的眼睛。她们很困惑，离开的时候，妈妈勃然大怒。

他的脸红红的，他的头发已经发白，他的眼睛是明亮的蓝色。现在他已经死了，很快奶奶也会死，不管是不是这一次。落叶松也不见了，被砍成了树桩。

她转而回忆起那些星期二在奥林匹亚上的游泳课。回想着课后的观摩，透过二楼食堂的观察窗，看泳道上的绳子被拖到合适的位置，俱乐部的游泳运动员戴着粉蓝色的泳帽在水中上下翻腾，轻松地转身，一圈又一圈。

她的室友们出门了。她给他发过两次短信，然后又发了第三次。他没有回复。她的手机显示这些信息已经送达，有一次她甚至看见了显示他正在编写回复的点、点、点，但后来那些点消失了，回复一直没有到来。一周后，她在植物园大街的克莱门茨咖啡店遇见了他，他明显很尴尬，说他手机丢了，才刚弄到一个新的。把你的号码告诉我，他说，她照做了，但她知道他不会联系她，他也的确没有。在那之后，她几乎没办法告诉他——她有办法吗——为什么她一直试图与他联系。这应该也是他的问题，但事实并非如此，世界不是那样运转的。所以他对此将永远一无所知，连怀疑都不会怀疑。在某个奇怪的时刻，她甚至为他感到遗憾。午夜梦回时，遗憾的感觉似乎说得通，但她醒来后，感觉就消失了。

她不能待在屋子里。她走到镇上，但时间太早了，商店还没开门，然后天开始下雨，阴沉而窒闷。昨天那轻盈、高远的天空已经彻底消失，只留下厚厚的云层和粗糙潮湿的空气。这是五月的第一天。五月天，她想。她记得手册上说过，你必须连说三遍[①]。五月天，五月天。她回去了。她的两个室友已经起来了，都处于宿醉的状态，在厨房里抽烟。她泡了一杯茶，跟她们坐了一会儿。聊天；听自己说话。大笑。跟她们讲述康洛赫的那个周日，领圣餐的事。她们都笑了。她回了自己的房间。十一点十一分，她吃下了第二批药片：全部四片。它们像粉笔似的，在舌头下面带着苦味。十一点二十一分，几乎一点都没有溶解。她的下巴因为努力保持嘴巴和舌头不动而变得有些疼痛。她一直坚持到十一点二十五分，看着手机上的时间一分分过去。然后是十一点三十分。应该够了。她就着瓶子里的水把残存的药片咽了下去。她现在不能再出去了。它可能会在两个小时内生效，但也可能长达五小时，在某些情况下甚至更长。她打开笔记本电脑，进入那个网站，

① Mayday，国际通用的无线电通话遇难求救信号。发出信号时必须连呼三次（“Mayday，Mayday，Mayday”）以避免误听、混淆或噪音干扰等情况。

检查是否错过了什么。然后她再次删除浏览记录：清除历史，重新设置默认网页，然后删除了所有浏览器的数据。

她等待着负罪感的到来，然后是悔恨，但是没有。她有什么感觉吗？她检验着自己的情绪。恐惧，是的，绝对是恐惧。她已经删除了十七八次历史记录。但他们有办法找到这些东西，而在某处，刻在互联网上的，是她的名字，她的地址，她的 PayPal 账户：她做了什么，在什么时间，什么地点，以及如何做的。她，或者任何帮助过她的人，都有可能被判处终身监禁。所以，是恐惧。还有什么感觉吗？悲哀。她希望有一天能拥有孩子。她想要看到那条蓝色的线，感觉兴奋得发昏，每周检查它的生长情况。她希望自己想要一个孩子。但不是像这样。让她感觉意外的是，她的另一种感觉是解脱。一种压倒性的、令人难以置信的解脱感：她正在做正确的事情。

当开始出血的时候，先是厕纸上一片暗淡的污迹，然后是第一滴温热的血。她会重新感到解脱（还有悲伤，还有恐惧），以至于她会哭。她买的是超大容量卫生巾，而不是她平时用的莱尔丽思棉条，大腿间的涓涓细流会让她想起自己的初潮，想到自己啜泣着爬到妈妈大腿上，感觉自己已经太大了，不适合再待在那里。所有不可逆转的一切：所有失去的一切。你决不能那样想问题。她会提醒自己：出血和痉挛可能会比一次正常的月经严重，而且可能会有血块。轻微出血可能会持续三周。在大多数情况下，出血会在四到六周内停止，你的月经周期将恢复。她会向自己背诵，一遍又一遍，就像一次连祷，一次祈求。她会成为那些幸运者中的一个。她会的。她会的。

第一辑

《格兰贝的年轻人》
[爱尔兰]科林·巴雷特 著　亚可 译

《耶稣之子》
[美国]丹尼斯·约翰逊 著　姚向辉 译

《火车梦》
[美国]丹尼斯·约翰逊 著　兰若 译

《马利亚的自白》
[爱尔兰]科尔姆·托宾 著　张芸 译

《诺娜的房间》
[西班牙]克里斯蒂娜·费尔南德兹·库巴斯 著
欧阳石晓 译

第二辑

《海仙女的馈赠》
[美国]丹尼斯·约翰逊 著　应晨 译

《信号》
[美国]蒂姆·高特罗 著　程应铸 译

《母亲》
[英国]克里斯·鲍尔 著　王颖 译

《情感之泉》
[爱尔兰]梅芙·布伦南 著　金逸明 译

《生活的囚徒》
[爱尔兰]威廉·特雷弗 著　亚可 译

第三辑

《母与子》
[爱尔兰]科尔姆·托宾 著　柏栎 译

《冷到下雪》
[澳大利亚]欧健梅 著　陆剑 译

《束草的冬天》
[法国]埃莉萨·秀雅·迪萨潘 著　狄佳 译

《留在这个世界的理由》
[爱尔兰]露西·考德威尔 著　刘伟 译

《阅读屠格涅夫》
[爱尔兰]威廉·特雷弗 著　郭贤路 译

第四辑

《所有人都刻薄又邪恶》
[爱尔兰]露西·考德威尔 著　刘伟 译

《邮差》
[智利]安东尼奥·斯卡尔梅达 著　李红琴 译

《枯花的气味》
[爱尔兰]丹妮尔·麦克劳克林 著　金逸明 译

《穿风衣的艺术》
[西班牙]塞尔吉·帕米埃斯 著　马科星 译

《喜欢动物的人》
[加拿大]亚历山大·麦克劳德 著　齐彦婧 译

人们对你说出所有秘密

出了办公室，拐角有一间小小的地下鸡尾酒吧，我正在那里跟瑞秋·工作[①]喝酒。严格来说那是生日酒，不过她不知道，也不会知道了，除非我喝得烂醉不小心说出来，希望我不会，因为那样会显得很奇怪。

我还得记住要叫她瑞秋或瑞，而不是瑞秋·工作，这是我在手机里为她备注的名字。我不知道她的全名，公司的电子邮件系统是没有姓氏，网站上也只有名字。瑞秋、本、德米特里、亚历克斯、宝拉，每人都配有一张古怪的照片，激浪漂流，转呼啦圈，或者音乐节上的面部彩绘。瑞秋的照片是在一个假面舞会上拍的，也可能是在某家秘密影院[②]里，她举着一个饰以红色羽毛的金色眼罩，嘟起邮筒颜色的红唇，正朝对面拍照的人送去一个夸张而做作的吻。这张照片完全不像瑞秋，至少不像我认识的这个瑞秋·工作，但我想这可能正是关键所在——毕竟，我们是一家创意品牌机构。

瑞秋说，第二杯鸡尾酒没有第一杯好。她说：“对不起，网上对这里的评价看起来很不错，也许我已经过了来肖尔迪奇[③]的年龄。”我们都笑了，但我突然想起来我并不知道她的年龄：比我大五岁？还是十岁？她留着侧分的白金色波波头，黑色方形镜框后面的眼角已经有了皱纹，但也可能是因为她太爱笑了。

我说：“好吧，那就为‘过了来肖尔迪奇的年龄’干一杯。”我们碰了碰杯，她把自己选的金酒还是什么酒一饮而尽。

今天是你的生日，我对自己说，但事情会好起来的。这不是一个重要的生日。这只是又一个普通的日子。星期六我约了一些大学同学喝酒；妈妈、爸爸和奶奶都给我寄了卡片。妈妈还给我寄了一条盖璞（Gap）的裙子，

---

① 原文为 Rachel Work，指在工作中认识的人。

② 2007 年诞生于伦敦，其主要形式是在现实空间中还原电影场景，是融合了沉浸式电影院和化装舞会的综合娱乐项目。

③ Shoreditch，伦敦东部的时尚街区，以酒吧众多闻名。

足足大了四个码，因为她记得它们的衣服是美式尺码，必须加上或者减去两个尺码，结果她搞反了。我差点告诉瑞秋这件事，给我们找点别的笑料，直到我想起来，我不能说。

我放下酒杯。

“我们再给他们最后一次机会吧？”瑞秋说。

“有何不可呢？”我说，随后她去点酒了。

几分钟前，我的手机在口袋里嗡嗡作响，我一直屏住思绪不去理会它。我想，应该是他。终于，终于，会是他的——不过，当然了，不是他。是我哥哥。

生日快乐！康纳尔写道，并发来一张他和大卫一起咧着嘴笑的照片。他们脸挨在一起，举着香槟酒杯。

你们这两个家伙！我回复道，输入一连串香槟酒瓶和心形表情。

都是你惹的祸，康纳尔立刻回了消息，带着一个挤眼笑的表情。

今天是他们的周年纪念日——他们是在我二十一岁生日那天遇到的，那是一场临时起意的醉醺醺的聚会，是我当时的室友操办的，我当天竟然没有更好的安排，他们吓坏了，因为英国人很重视二十一岁生日，不像老家的人，对他们来说十八岁生日才是头等大事。他们给所有他们能想到的、能在五月任意一个星期一抽出时间的人发了短信，对康纳尔来说幸运的是，大卫也在其中。

而此刻我们在这里，又一个五月的星期一，我妈妈总是对我说，一切皆有可能，她怀疑过什么，但对实情一无所知。总有一天，你会遇到你一生的爱人。

我看到瑞秋在吧台那边，专注地向酒保传达着什么，她不停冲酒单比划，直到酒保举起手说：我投降，你赢了。

他抛出一瓶烈酒，用上臂接住，从高处把酒倒进调酒器，然后快速摇晃、翻转。瑞秋冲他摇摇头，笑了起来。

我突然想要今晚剩下的时间快点过去。如果今天结束时他还没有发短信，我就知道他不会再发了。

自从一时冲动离开口述历史档案馆后——那是我做过的时间最长的一份工作，我在这家公司做产假代班[①]。这

① maternity cover，指为了代替某个休产假的员工而签订的短期劳动合同。

是一家年轻但成长迅速的咨询公司，如果我出好牌，或者至少不出错牌，就有可能得到一个全职职位。我就是这样计划的，至少我就是这样对我妈妈说的。我们为充满活力的餐旅行业创造归属感，我们在变革中获得信心，我们用切实可行的品牌体验吸引人群。编故事；一团团晦涩难懂的词语。这与档案馆的工作截然相反，在那里我们会细心聆听，抄录并转译每一次犹豫、每一处停顿、每一个支吾不清甚至不准确的地方。这跟我的硕士论文也刚好相反，我的论文是关于辛波斯卡和米沃什作品中的确定性与不确定性。由于我不懂波兰语，所以我翻阅了大量译文，每个词语的选择都开启了无数种可能性。

我一直无法向我困惑的父母，甚至无法向我的朋友解释，为什么我会选择写这些诗人，他们说着我不懂的语言，来自我从未去过的地方。可能我甚至都无法向自己解释。然后，过了一段时间，这一切都有了某种意义。当事情看起来不可能的时候，当我的朋友们说我很蠢，并终于对我无话可说的时候，我都执着于此。

噢，当一条带着他名字的短信或邮件突然闪现时，那猛然的释怀。

生命中两年的时光。一份我喜欢的工作。

二十七岁。

最近，我大学时最好的朋友对塔罗牌和占星术很着迷，她说，二十七岁是我们土星回归的年龄。土星回归的意思是说，行运土星跟你的本命盘终于再次重合。这意味着你的小鸡回家了。你不再是个孩子。显然，你对此的处理方式将为你的余生定下基调。如此云云。我想，也许，我应该离开伦敦，搬回家去。但每次想到这一点，我就会联想到从飞机上走下来，走到灰沉沉的天空下面，走进群山环绕之中；想起我父母家特有的气味，它们每一次都成功在我心里勾起一种莫名的疼痛，好像我又一次放学回家，闻到炸洋葱和炖土豆，闻到后门垫子上湿漉漉的树叶、破碎的山毛榉坚果，还有要完成的家庭作业；我会想起我的同学，他们在贝尔蒙特公园推着婴儿车，开着灵巧的欧宝可赛和标致，车上贴着“车内有宝宝”的贴纸，我感觉一切都太迟了。

“宝贝，干杯！”瑞秋拿着她的新酒来了，我则努力在自己的回应中加上几分雀跃。“这是乌龙马天尼，”她说，

“用中国台湾的乌龙奶茶、可可利口酒还有一种银色龙舌兰调成的，用鹰嘴豆水代替了蛋白。你觉得怎么样？”

我喝了一口顶上的泡沫。有着这样一张成分列表，但它尝起来还不赖。

“好啊，”我说，“不错！”

她喜笑颜开。

“他坚持要用蛋白，”她说，“但是，嘿，我是素食者好吗？所以我让他用了鹰嘴豆水，别太用力摇晃就可以了，否则会变得很黏稠。”

“你是素食者吗？”我说，“我不知道你吃素。”

“你当然知道！”她说。我想起了我们一起坐在桉树旁的长椅上吃午餐的情景。我的特百惠饭盒里是吃剩的意大利面，或者最普通的奶酪黄瓜三明治，再有就是她坚持要分给我的沙拉，都是她精心制作的：番薯、自制的甜菜根蘸料和石榴糖浆。她总是去高档咖啡店买椰奶卡布基诺，而我喝的是美式加奶或者普通的澳白。

“哦，没错，”我说，“我想我已经知道了。”她笑了。

我们一起喝着酒，已经把工作上的笑话当成保留曲目讲了许多遍，此刻都有些不知所措，即便有乌龙马天尼助兴。

“听说你要参加柏林马拉松。”我说。我们已经聊过这个话题了，当时瑞秋说这是她这段时间最后一次喝酒，下周开始她就要认真训练了。“我百分之百支持你，我做你的后援团！”

“宝贝，你为什么不一起跑呢？”她说，“亚历克斯也要去，可能还有德米特里。我们可以一起训练，那会很有意思。”

“无意冒犯，但我最讨厌跑步了。”我说。她仰起头，笑了。

“说真的，”我说，“我至今仍对被迫在雨中绕着卡恩伯恩跑越野赛有创伤记忆。”

“你谈到家乡的时候，口音会变重。”她说。

“是吗？”

“是的，百分之百是。”

“哦，好吧，”我说，试图想出一些有趣的话，但没有成功，“我身体里的街溜子①。”终于，我做到了。她笑着

① millie，爱尔兰俚语，可追溯到亚麻纺织厂女工的时代。通常指言语粗俗的工人阶级女性，含义与后来出现的“chav”接近。

摇了摇头。

“我没听明白，亲爱的，你身体里的什么？”

我已经失去了兴致。“没什么。”我说。

“不，说真的，我喜欢你那些贝尔法斯特‘小’[1]短语。那天你说什么来着。哦，对了，‘都谁去’什么地方，我喜欢这句话，‘都谁去’。我想去贝尔法斯特，也许有一天你能带我去。”

“哈，”我说，“也许吧。”

又是一阵沉默。

“对不起，”我说，“只是……”

“没事的，亲爱的。”瑞秋说，捏了捏我的手。

我感觉炽热、背叛的泪水在眼里翻滚。

“你什么都可以跟我说。”她说。

我的草稿箱里保留着一封邮件，写给未来的自己。写于去年的平安夜，或者，我想，严格来说，是写于圣诞节当天。他答应在圣诞节后向她坦白，然后给事情做个了

---

① wee，爱尔兰俚语，意为“小”。

断。他想先把圣诞节应付过去。二十一号他们回了弗罗茨瓦夫，第二天我去了贝尔法斯特，虽然我只有四天没收到他的消息，或者确切地说只有三天，但是那些航班，那个距离，让一切看起来都更加漫长。

在波兰，圣诞节的全部重点在于平安夜。平安夜下午你装饰圣诞树，当晚上第一颗星星出现的时候，你会点亮圣诞树上的灯，然后圣诞节开始了。接着你坐下来，跟你的大家庭享用一顿有十二道菜的晚宴，其中的重头戏是一条完整的鲤鱼。饭后你们交换礼物，然后去做午夜弥撒。第二天的圣诞日是一个公共假日，没什么特别的，更像我们的节礼日。

对我来说，重要的也总是圣诞前日——关于准备和期待，盛满秘密的房子，渐入佳境的感觉——我相信他会找个时间给我发消息，说平安夜快乐，哪怕这就是全部内容。我查了一下弗罗茨瓦夫的日落时间：黄昏从三点四十八分开始，这时他的侄子侄女们会争相寻找那颗星星，我知道，到了那个时候，他就会发的。

那天早上我去了市中心，去买我母亲需要的最后一批东西：招待邻居们的高档奶酪和饼干、额外的几卷包装纸。这些东西我在附近的商业街上都能买到，但我喜欢坐着几乎空空荡荡的公交车进城，然后漫步在圣诞前夜的街道上。一些哥特人聚集在市政厅前，拒绝向节日气氛妥协，我小时候他们卖点火器，但现在人们已经不需要一英镑五个的点火器了，所以他们转而售卖发光的圣诞帽、鹿角和一串串发光的拉花彩条。多尼戈尔广场上的白桦树修长而光秃，挺立在清澈的空气中，等待着。走进玉米市场，那里曾经有个演奏台，一个身体残缺的老人随身携带着扩音器和标语牌，难以判断他所宣称的结局是仍在路上还是已然降临。那个早上的天空近乎苍白，山丘因寒冷而呈铁灰色，城市被聚拢在中间。海鸥从湖边飞来，盘旋着，降落在灯柱上，不停收拢再展开它们那不屑一顾的翅膀，好像它们也身不由己地在不安中等待。

一条隐秘的河流贯穿整条高街，一旦知道它的存在，人就会情不自禁地去感受脚下它向东牵引的力量，我总是沿着它走过阿尔伯特钟，进入海关大楼广场，然后结束我的散步，它的暗渠在那里汇入拉根河。但在转身走向回家的公交车站之前，我总是在梅菲尔大楼外停下来，听那里的颂歌歌手唱歌，当他们唱出《哦，伯利恒小城》前几行那令人战栗的歌词时，所有一切即将发生的感觉在我体内生长堆积，几乎让我难以忍受。

他没去过贝尔法斯特——至少没真正到过。他飞去参加一个朋友的单身派对，参观《权力的游戏》拍摄地，天还下着雨。他一边跟我讲，一边翻了个白眼，笑了。通常我会第一个批评这个地方，说它多么偏远、多么粗俗，说我多么迫不及待想离开，但我仍然感觉有一记重拳打在心上。

我已经离开贝尔法斯特那么多年，它似乎已经不再属于我了——我无法告诉你最好的酒吧在哪里，公交路线也变了——但感觉上它仍旧是我的一部分：还有，我多么想和他在一起，不是在抽象意义上，也不是在一个朦胧不清的未来，而是就在我身边，在玉米市场，在圣诞前夜。我想让他看看这座城市，和我一起走过它的街道，然后我想：我必须告诉你这些。

唱颂歌的人停下来更换乐谱，我拿出手机，为一封杂乱无章、语无伦次的邮件写下开头，这封信我会写一整天，在回家的公交车上写，在壁炉前写，在我家播放保留剧目《美好生活》的时候写，在三点四十八分降临又逝去的时候写，一直写到晚上，那时大卫和康纳尔会为如何做出最好的爱尔兰咖啡拌着嘴，再后来我在我的单人床上写，我小时候的旧袜子挂在门把手上。但随着夜晚逝去，我没有收到他的消息，我忍住了把邮件发出去的冲动。随着平安夜变成圣诞节，零点零分零秒，零点零分一秒，我转而给自己写了一封信；这是一封未读邮件，当那一刻终于来临的时候，当我最需要它或再也无法假装的时候，我就会去读它。

想到我还没走到那一步，我松了一口气，同时也感到十分疲惫。

“我想你应该准备好了，”瑞秋说，“你想听听我的理论吗？”

过去几天她一直跟我说起她的理论，但并没有告诉我那个理论是什么。她说，如果她写一本自助类励志书，一定会大赚一笔：这个理论很简单，而且很完美。

“快告诉我！”我说。

“好的，”她说，“是这样的。”她喝了一大口酒，把杯子放在一边，又把茶蜡移开。

“人们，”她说，身体往前探过小圆桌，“对你说出所有秘密。”

我等待着。

“就是这样的，”她说，“人们——把一切——都告诉你。”

“人们……”我说。

“是的，”她说，“所有秘密。你需要知道的一切。立刻就会告诉你，根本不需要你问。”

“好吧。”我说。

“你想想。你第一次遇到某个人的时候。回想一下他们说了什么。他们会一字一句告诉你你需要知道的东西。全部的关联都已经在那里了。你只要选择去听就可以了。”

“喔。”我说。

“你明白了吗？”她说，然后满意地坐了回去。

“让我想想。”我说。

那是我在档案馆的第一周，但他不在那里——可能有些会议什么的。周四晚上，我和小组的另外三个成员一起去汤因比大厅找他，那里正在举行一场酒会，宾客一直散落到院子里。我从随意碰到的一个女孩那里蹭了一根薄荷烟，然后发现他就站在我身旁，看着我抽那根烟。

我问他想不想抽一口，他说——

为了准确地记起那句话，我闭上了眼睛。

他说——

我不能抽，我戒烟好几年了。

然后他从我手中接过烟，说，太讨厌了。或者类似于，你把我带坏了，或者，我太容易被带坏了。

“想什么呢，亲爱的？”瑞秋说。

我睁开眼睛。酒吧突然变得很吵，我无法确定我是醉了还是太疲惫。

“我正在验证你的理论，”我说，“试着准确地回忆起来。”

“然后呢？”她说。

“呃，”我说，“我不知道，也许吧。”我挤出一个笑容。

我们聊了会儿辛波斯卡和米沃什。就像每个人都会做的那样，他问我，爱尔兰有那么多伟大的诗人，我为什么选择写波兰诗人。

那一次，不知道为什么，我说了实话。

“我不知道，”我说，“也许是造化弄人，”我说，“也许我有一个波兰灵魂。”我故意说得很夸张，这样他想笑就可以笑，但他没有。

“我觉得波兰人和爱尔兰人可能是灵魂伴侣。”他说，然后我们又蹭来一根烟，一起抽了起来。天下雨了，但我们一直待在外面。

“你还记得我们第一次见面时你说了什么吗？”瑞秋说。

“记得，”我说，但实际上我只是模糊地记得，“是在教堂的院子里。”

“没错。”她说。

我只记得那么多。我记得我一直在四处走动，想找个地方坐下来吃午饭，但所有的长椅都被占了，而草地是湿的。我已经转了好几圈，然后——没错——我听见有人在桉树那边喊。

“你说我可以跟你坐一张椅子，”我说，“你说，我认识你，你是给宝拉代班的。”

“是啊，”她笑着说，“然后你坐下来，早些时候下过雨，桉树的叶子闻起来又甜美又清新，桉树就是那样——

你深吸一口气，伸开双臂，说，闻起来真是焕然一新，对不对？好像你真的可以重新开始似的。然后我们碰了碰叉子，说，致新的开始。”

“没错。”我说，我已经下定决心让这个公司发挥作用：让我变得外向、随和，成为一个新的、更好的自己。

我突然感到难以言喻的悲伤。

瑞秋伸出一只手，摸了摸我的脸颊。

“瑞？”我说。

“你知道吗，你脸红了。”她说。她把我那疯长的刘海塞到耳朵后面，我不知道该说什么。她再次抚摸我的脸颊，用手指背面向上抚摸，然后又用指尖往下。“你看起来很美，你知道的。”

我的心卡顿在胸前，然后又以双倍的速度跳动起来。

“等一下。”我说，涌起一阵恐慌和反感，确切地说不是针对她，而是针对这些，所有这一切，针对我从这一切之中制造出的所有混乱。

“没事，宝贝，”她说，“这里是肖尔迪奇，压根儿没人在乎。”

“不，”我说，“不是，不是那样的。”还没等我说完，她就从我的眼神中明白了我的意思。

“哦，”她说，把手拿开。然后说：“真的吗？”她说。“该死。哦，真该死。”

“对不起，”我说，“瑞秋，我很抱歉。”

“但是，等等，”她说，然后她停下来，笑着摇摇头。“好吧，”她说，“好吧。”

“我不是，”我说，“我的意思是说，我不是有意的——”

“我们已经，”她说，“我是说，我们每天一起吃午饭，已经多长时间了，一个月了？”

一阵漫长、可怕的沉默。

“听着，”最后，她说，把酒一饮而尽，“关于这件事，我们一个字都不要再提了。是我的错。”

“完全不是。”我虚弱而虚伪地抗议道，然后她起身去结账了。

厕所是窄边的金属坑，连坐便器都没有。我顺着隔板滑下来，蹲在那里，想知道自己是不是想吐。

我最好的朋友说，土星回归似乎会让你所到之处皆毁灭。就像米达斯[①]的反面，你碰触的所有东西都会变成垃圾。我感觉天旋地转，一边试着把精力集中在呼吸上，一边努力忽略那充斥着漂白剂和尿液的空气中刺鼻的味道。

我的手机在口袋里嗡鸣，然后又一次嗡鸣。我闭上眼睛，向上帝，或者土星，或者随便什么人发射出一些祈祷之箭，然后拿出手机。

瑞秋·工作

算了吧亲爱的。

瑞秋·工作

你不需要这样。

瑞秋·工作

都会没事的。

① Midas，希腊神话中的佛律癸亚国王，他贪恋财富，求神赐给他点物成金的法术，狄奥尼索斯神满足了他的愿望，最后连他的爱女和食物也变成了金子，这让他无法生活。他又向神祈祷，一切才恢复原状。

不是他。不是他。不是他。

有那么一瞬间，我想把手机扔到厕所里去，这样就再也没有人能给我发消息或者不给我发消息了。但我没有，我在隔间的蓝色灯光下关掉她的消息，然后下滑找到他的名字，找出我们的聊天记录。

我能出于纯粹的思念之情给你打电话吗？答案总是不能，但这似乎并没有阻止我去尝试。

有些日子我肯定他会给我发消息，没有什么真正的原因，太阳的角度，无云的天空——然后我确定他会给我发消息。他会说，过去这几个月以来，我非常想念你，我现在知道了，我只想跟你在一起。我会整天查看手机，直到深夜，直到我开始明白我错了——但错在哪里？事情总是说不通。

他会说，我需要更多时间。我需要更多时间。

我一度确信他今天会给我发消息。出于一些奇怪的巧合，在波兰，我的生日恰好也是我的名字日[1]，纪念跟我

---

① 原文为波兰语 imieniny，是一种将每天与一个或多个圣人的名字联系起来的基督教圣徒日历，并将这一天定为这个名字的节日。在波兰传统中，这一天比生日更为重要。

同名的圣徒。“这很特别，”第一次发现时他这样对我说，“这说明你很特别。”有段时间我让自己相信他这句话；或者让自己相信，至少对他来说，我是特殊的。

人们会告诉你一切。也许他们说了，也许他们没说。可能他们早就说过了，可能他们永远不会说。

我向上划手机，翻遍我们的聊天记录。连鸟儿们都心知肚明，有一次他写道，我看到它们在空中，公然而放肆地，写下我呼唤你时所用的名字。

很美，我写道，很傻。我又往下翻。

如果一个人在线并且正在输入文字，信息服务会向你显示这一点。有两次，当我结束对话并退出对话框的时候，我看到他正在输入……正在输入……我整个身体瞬间充盈着释怀和渴望。但信息一直没来。这些天他甚至都没有上线，尽管我努力让自己不去查看。

你不在那里，我盯着手机想。

然后我想：你从来没有真正在过。

这个念头意外地让我松了一口气。它奇怪地令人释然。我把对话向左划，点击菜单，选择了删除聊天。手机问我，确定吗？你不想存档吗？我再次点击删除聊天，然后，就那样，它消失了。

瑞秋正在厕所外面等我。有那么一瞬间，我想假装没有看到她。

“哦，天啊。”我说。

“来，”她说，“我们走吧。”

我跟在她后面，穿过现已拥挤不堪的酒吧，爬上楼梯，走进肖尔迪奇的夜晚，垃圾、涂鸦和霓虹灯，一到晚上，马路对面的自行车修理铺就变成了酒吧，装饰着仙女灯和彩旗，空空荡荡的停车场里停着被用作街头食品车的清风牌房车。酒吧外的沙滩椅放在一块块支离破碎的阿斯特罗人造草皮上。间或闪现的梧桐树巨大而斑驳，最近才被修剪过，刚刚开始萌出新叶，当你定睛看着它们的时候会感觉十分陌生。还有天空：五月中旬的深蓝，将暗而未暗。

“所以。”她说。

“我们所说的黄昏，”我不由自主地说，“严格来说是世间的黄昏，接下来才是航海，也就是天文学意义上的黄昏，在某个特定的纬度，到了一年中某个特定的时间，黄昏和黎明是重合的，所以实际上夜晚并不存在，甚至在伦敦，五月和六月有几周也是这样，现在刚好就是其中一个。”

“你是有多醉？”瑞秋说。

“不是那样的，”我说，“没错，我喝了很多，但还不醉。我只是……”我说，我知道我欠她一个解释，但是我不能让自己说出来。不是因为害怕她会同情我，或者认为我很天真，我只是不能冒这个险，让事情在公司传开：我因为跟已婚上司发生婚外情而离开了上一份工作。

如果你把视线拉得足够远，那我们都是凡夫俗子，真的。我和我最好的朋友过去经常这样说，那时候我们还没有互不理睬。

喉咙深处的疼痛。那种持续的、折磨人的孤独感。

“我只是……”我又说了一遍。

“不，听我说，”瑞秋说，“都是我的错。我不知怎么搞的——肯定是……”她停了下来。“听我说，我很抱歉。”她说。

“没事，真的没事。”我说。

我们站在那里，看着肖尔迪奇的夜晚在眼前流逝。情侣们、成群结队的女孩们，手挽着手，或者手挽着手又挽着手，跌跌撞撞地往前走，偶尔走到机动车道上来，一辆辆“户户送”外卖车按着喇叭绕过他们。一个无家可归的男人牵着一只三条腿的狗一路前行，手里拿着一次性纸杯，大部分人对他视而不见。当他走到我们面前时，瑞秋打开钱包，拿出十英镑。

“拿着，伙计。”她说。

“谢谢，”他说，“谢谢你，亲爱的。”

她弯下腰去抚摸狗狗的头。“嗨，哥们。你好啊。”她直起腰。“狗狗很漂亮，”她说，“一切顺利，你俩都是。”

“你也是，”他说，“上帝保佑你。”

她是一个很好、很好的人。

我们继续在那里站了一会儿。

“我能问你点事吗？”我说。

“可以，”她说，“你可以问。”

“你会给二十七岁的自己什么建议？”我问，自己都能听到自己语气中的退缩。

瑞秋扬起眉毛。她看上去略显失望，又有点淡淡的高兴，或者两者兼而有之。

“二十七，哈?”她说，我拼尽全力才阻止自己脱口说，是的，今天是我二十七岁生日。

她叹了口气，在橙黄色的路灯下，她看起来比我想象的更老：我意识到，她可能有四十岁了。我再也无法确定任何事了。

“如果有什么事不顺利，”她说，“不管是一场约会，还是一次邂逅，都未必是你的错。也不一定是任何人的错。”

“好。”我说。

“我还要说，”她说，“不要因为有人碰巧表现出了最轻微的兴趣，就急着交出自己的全部。”

她停下来，我等着她继续说，但她没有。

黑色的出租车沿路驶来，经过精品酒店，瑞秋伸出手臂。“我来给你打辆车，”她说，“我要确保你安全到家。”

“我想走走。”我说。

她叹了口气：“你具体住在什么地方?”

“织工场。”

“好，”她说，“走吧。”

“你不用跟我一起走，”我说，“真的。说实话，我没事。”

“如果出了事，我会觉得是我的责任，”她说，“我跟你一起走。要是我们能在路上买点炸鹰嘴豆丸类的就好了。”

“当然可以，”我说，“布里克巷有一家店，在铁路拱门附近，我们就走那边吧？”

大马士革小吃店外面排着长队。等着点餐的时候，我们靠在墙上，闻着苹果水烟的味道，听着店主总在播放的叙利亚电台。

“我想再说一次，”瑞秋说，“我真的、真的不想让你在工作时觉得尴尬。你能跟我保证一切都会没事吗？”

“我甚至都不知道你的名字。”我说。我大笑，但这可能并非完全是个笑话。

她看着我，“你在开玩笑吗？”她说。

“我不知道你的全名，”我说，“你真正的全名。你在我手机里的名字是瑞秋·工作。”

现在轮到她笑不出来了。“好吧，”她说，“好吧。”

有那么一会儿，我们都没有说话。在操作窗口，店主把沙瓦玛烤肉切成薄片，给烤炉上的哈罗米奶酪翻面，晃动油炸锅的手柄，一边大声喊出做好的订单，所有一切都像一场舞蹈。下一个就轮到我们了。

“炸鹰嘴豆卷饼，配料全要？”她说。

“听起来不错。”我说，然后我意识到，当我这样说的时候，我是真心这么认为的。

我最近几乎没有认真吃过东西，除了我假装很喜欢的素食沙拉（它们当然是素食的）。“我跟你说，让我付钱吧。这是我能做的最起码的事。”

“好，”她说，“谢谢你。”然后她又说：“埃莉诺·阿娜斯泰西娅·瑞秋·库克。”

“你说什么？”

“现在你知道了。”

“埃莉诺，”我说，“阿娜斯泰西娅？”

“埃莉诺·阿娜斯泰西娅·瑞秋·库克。”

“那你为什么叫瑞秋？”

“我一直很讨厌我的名字，”她说，耸了耸肩，“太——花哨了。太夸张。上中学的时候，我决定只叫瑞秋。”

“但埃莉诺是个很美的名字，”我说，“还有阿娜斯泰西娅！我并不是说瑞秋就不美，只是——”

她看着我。那个突然熟络的、狡黠的、开心的、眯起眼睛的表情。

“很抱歉。”我说，这是真的，我很抱歉。

“走吧，你，”她说，“你喝多了，让我送你回家。”

事物的名称

我们在谈论莫妮卡·莱温斯基。

我的朋友在谷歌上搜索她，陷入了深夜的互联网兔子洞，然后她意识到，当那一切发生的时候，她只有二十二岁。

妈的，我说。

我懂。才二十二岁，对不对？

我们俩都没再多说什么，心不在焉地，我们来回摇着各自的婴儿车。有时候就算宝宝不在车里我也会摇婴儿车。有时候我来回摇超市购物车。

我们刚在一家酒店的地下游泳池里上完婴儿游泳课，三十分钟的课程里，我们都在拖拽保暖泳衣里湿漉漉的婴儿，他们的态度从无动于衷到鬼哭狼嚎，不一而足。我们唱着填了新歌词的旧童谣，如果看见鳄鱼，可别忘记尖叫！

我们站在酒店后门外，推着各自的婴儿车，正准备各奔东西。婴儿们一反常态地默不作声，瞪大眼睛怔怔地看着前方，我记得自己小时候游完泳也是这个样子，虽然严格来说他们大部分时间都不是自己在游。正值春天，但天气很冷。朋友把一缕杂乱的头发塞进蛋黄色的帽子。我们的孩子在一个月内相继出生，我们的头发到现在刚好长回来：柔顺而坚强的发丝，不用再担心团团乱发堵住下水道。

好了，朋友说，我想带他回家睡午觉。所以我该走了。

二十二岁，我说。你还记得那个时候你是怎么想的吗？

我觉得她太蠢了。

我也是。

我们当时十六七岁，确信那是莫妮卡·莱温斯基的错。我记得跟同学在六年级的公共休息室里讨论这件事，我们叫她愚蠢的小婊子。愚蠢的小荡妇。还有那条裙子，瞧瞧！总统几年前来过贝尔法斯特。他赶走超凡战队，点亮了圣诞灯饰；人群在多尼戈尔广场欢呼，还有烟火。自由世界的领袖。莫妮卡·莱温斯基知道自己在干什么吗？他的女儿跟我们差不多年纪：鬈发，戴牙套。我们替她感到憎恶，感到恶心。

我说，我记得我妈妈说他很有领袖魅力。

啊哈，那只是一种表达方式。

还有，你知道那条裙子就是件盖璞吗？类似衬衫裙。平平无奇的蓝色。

我曾经想象它是一件精致的鸡尾酒礼服，马拉布鹳毛，深开式领围。

是的，我朋友说。她再也没把它洗干净穿第二回，因为她朋友说那件很显胖。

我们哧哧笑了起来，婴儿们用不以为然的眼神看着我们。

我陪你走一段，我说。我转过婴儿车，跟她保持步伐一致。我们都穿着运动鞋，她的比我的要时尚一些。多年来，我那些不实用的鞋子一直是我们之间的一个笑话。我穿了很多年劣质的芭蕾浅口鞋，用廉价的纸板和假皮革制成，当我第一次穿上高帮运动鞋时，它们给人的感觉是多么牢靠啊。后来，我们发现男人的布洛克鞋做得那么考究，我们笑得停不下来。

她要坐的公交车正在进站，我们冲上前去。

她突然说，去我家吧，吃婴儿米粉还有艾拉[①]。

但公交车上已经有一辆婴儿车了，而它最多只能容纳两辆。我们匆忙地拥抱告别。

氯气和冰冷的脸颊，还有下周见。

当然，我们来婴儿游泳课并不是为了婴儿。

大约一分钟后，我的手机响了：一连串表情符号，讲述了两条激流勇进的鲸鱼和两条小鱼突然悲惨分开的故事。然后是另一条消息，巧妙地把鲸鱼升级成海豚，还配了一张哭笑不得的脸。

我不知道我们是从何时开始用表情符号交流的，但我非常确信这跟我们做母亲的时间刚好重合。我们用这种方式承认，过去我们对一切是多么直率、诚恳和确定。也可能只是因为睡眠不足。

我回以同样的表情，又寻找草莓和米饭的符号，然后

---

① 全名为 Ella’s Kitchen，是一种英国产的婴儿果泥。

写道：请享用你事先消化好的大餐吧。

她发给我一张爱德华·蒙克的脸，还有一些字符 X[①]。

我不可能在婴儿睡着之前回到家。但如果现在就开始走，我可以在一家咖啡馆坐下，在他意识到婴儿车不再移动继而醒过来表达愤怒之前，我可以花五分钟时间在谷歌上搜索莫妮卡·莱温斯基。

我走着，回想我们二十岁出头的日子。我们把时间花在了何处？我们在手袋工厂改造成的酒吧里指点江山，喝野牛草伏特加与苹果汁混合而成的鸡尾酒；我们在客卧两用房里喝草药茶，做同样无拘无束的交谈，这样的聊天似乎持续了很多年，随着我们和其他朋友各式各样的旅居、实习、恋爱以及时不时的启发课程[②]略微转换着地点。布鲁塞尔、巴黎、伦敦、纽约：大城市的通明灯火，合租公寓，失败的恋爱，还有星期天的跳蚤市场。我们以为自己就生活在梦想之中，如果我们不开心，那一定是我们自己

---

① 用于非正式聊天的末尾，表示亲吻。

② 启发课程是介绍基督教基本教义的福音性课程，专门为一些对基督教信仰感兴趣者而设。

的错，是我们未能穷尽这一切。

有一次，在一场篝火晚会上，其他人早就走了，我们一直聊到深夜，我们不时把椅子挪近火堆取暖。后来，我们低头一看，发现余烬正在四周冒着烟。在那个时候，这似乎暗示了某种东西。

我从口袋拿出手机滑开。你还记得那次篝火晚会吗?我输入这条消息，继续走着。

我还没来得及再加上一些火焰的表情，她的消息就闪了进来。

她说，宝宝们和那时候的我们之间的距离，很快就会小于那时的我们和现在的我们之间的距离。

我花了点时间来弄懂这句话。

我把那张哭笑不得的脸和爱德华·蒙克的表情发了回去。

在考斯特卡特便利店[①]的货架间，我心血来潮地把必需的盒子和罐子塞进购物篮，然后回家做了“十五份”。

---

① Costcutter，英国、爱尔兰连锁便利店。

之所以叫“十五份”，是因为每样东西都需要十五个。十五块消化饼干、十五颗棉花糖、十五个糖渍樱桃——最黏稠、最人工、最红的那一种。用擀面杖把消化饼干敲碎，棉花糖和樱桃对半切，用一罐炼乳把它们都混合起来，卷成香肠的形状，然后撒上椰蓉。甚至不需要烹饪，冷却一下即可。这是一个荒谬的食谱，只可能来自一个地方，在那里，成年男女会板着脸点一块“笨笨点点”① 来配茶。这地方人的伪装只允许，或只需要松动这么多，不能再多了。

我们小学时做过“十五份”，每个人上小学的时候都做。我仍然记得那个粗壮的女校长把手指插进康乃馨炼乳② 的罐子里搅动，身体随着颤动，快乐地眨着眼睛。

她教我们书法，不打招呼就来教室带我们练习乘法口诀。她的发型很整洁，发卷一丝不乱，走路时带着一根橡胶头的棍子，有时拿着它敲打地板。有一次，在超级马

---

① Lumpy Bumpy，一种传统爱尔兰甜点，因表面凹凸不平而得名。

② 雀巢公司出品的一种炼乳品牌。

克[1]，妈妈对我们的各种顽皮行径无计可施，于是吓唬我们姐妹说，女校长可能就在附近。我们转到下一个过道货架，她果然在那里。在那之后的几年里，我一直对她心存敬畏，好像那股神力不是出自我母亲的召唤，而是全赖她一人。

我很久没有想起过女校长了。我试着算出她的年龄。我意识到，按照我朋友的逻辑，我跟那时的她之间的年龄差距，已经小于那时的她和现在的她之间的差距。前提是她还活着。我们小学毕业时她已经退休了。我试着在网上搜索讣告，但我不知道她姓什么，事实上，我也不知道她生活里的姓氏是不是跟教书的时候不一样。不，我意识到；不会是这种情况。在她刚开始工作的年代，女老师们一结婚就得辞职。我继续搜索，发现一个名叫内尔·麦卡弗蒂的年轻人，七十年代中期，她带着三十个女人走进一家酒吧。她们点了三十杯白兰地和一杯健力士黑啤。酒保拒绝为一个女人倒啤酒，于是她们每人喝了一杯白兰地，然后拒绝付款，理由是她们点的东西没有上齐。我仍能听

① Supermac's，爱尔兰连锁快餐店。

见女校长的声音。我认为她会全然支持这个壮举。

我关上手机屏幕。婴儿还在门廊里沉睡，该把他叫醒了，否则他今天晚上永远不会睡觉了。在叫醒他之前，我切下一块“十五份”。当然，它太甜了：甜过了头。我又一次想起女校长和她那戏剧性的快乐，然后又吃了两三块。

宝宝醒来时满脸笑容，仿佛看见我是世界上最美妙的事，对他的爱意让我一阵心痛。我们在床上消磨了一个下午，喂奶，拥抱，练习趴着。我为歌曲编造更多另类的歌词来逗我们开心，至少是取悦我自己。三个小人儿坐飞碟，围着世界转圈圈，他们飞来过假期，左看右看真喜欢。宝宝情绪很好，咕噜咕噜叫着，于是我拍了一段视频，我亲吻他的脚趾，他开心地尖叫，然后我把视频发到家庭群里。婴儿出生后的这几个月，我们的交流比以往任何时候都多，而这完全都是以他为媒介的。

啊啊啊啊啊啊。

我的小妹妹几乎立刻就回复了。

太太太太可爱了！
替他的小姨亲亲他！

我最小的妹妹跟我只差四岁，但她应该属于“千禧一代”，而我肯定不是。跟所有“千禧一代”一样，她发消息时一次只发一行，很少使用标点符号，而且都用小写字母。如果她和她的男朋友怄气，他们会噼里啪啦一阵风似的来回发消息，一次只发一个词。

说真的
你
有时
就是
一个
十足的
彻头彻尾的
屌丝

我大妹妹从不知道哪个时区发来一串“心心眼”的表情。

我的手机显示：妈妈正在输入……

妈妈正在输入……

爸爸不会对视频做出任何回应。他每周花一到两次看完所有消息，打起字来像个数码时代的移民：冗长，只有文字，充满了省音和缩略（cu l8r[①]）。这种肌肉记忆源于一个人——严格来说是他——要为家庭账户上所有电话的每条信息付费，字要省着用。

妈妈正在输入……

妈妈正在输入……

我想起了我的第一部诺基亚手机，那时它看起来多么神奇，提示有新信息的小信封；一串闪烁的字母在灰色的小屏幕上慢慢滚动。

① 意为 see you later，其中的 8 是字母组合 ate 的缩写。

妈妈正在输入……

最终，不出所料，我妈妈发了一个动图。她最近才发现这种东西，现在几乎完全用它交流，但是经常用错。这次是《闪电舞》的一个关键场景。我怀疑她根本没看过这部电影，尽管她有三个女儿。我一时兴起，拨通了她的电话。

喂？她听上去很惊讶。

喂，我说。我就是觉得应该打个电话。

哦，太好了。她说。我在乐购的停车场。

哦，对不起。

没事，没事，很高兴跟你聊天。等一下。

她停顿了一下，去处理了什么事。妈妈从来不给我打电话，说怕打扰我，或者把宝宝吵醒。但我现在差不多每隔一天就给她打一次电话。

你看视频了吗？她回到电话时，我说。

看了，我没有回复吗？她说。我以为我回复了。

对，对，你回了。你看过《闪电舞》吗？

什么《闪电舞》?

那没事了。

好的，妈妈心领神会地说，那你怎么样?

很好，我说。他很可爱，对不对?

哦，他真的太可爱了。我还记得你像他这么大的时候，突然开始爬了。非常突然，一点预兆都没有。那天是圣诞节。你连坐都坐不好，但你就那样拖着自己的身体爬过地板，去拿那些发光的包装纸。

她笑了。然后她说：

你再也不会那样被人疼爱了。

你说什么？我说。

时间过得太快了，她说。然后又换了一副轻快的嗓音，好了，我在车里了，下雨了，我得回去做晚饭。

妈妈？我说。

你说什么？她说。喂?

没有，没什么。我说。

接着发照片和视频，我们喜欢看他。

好的，我说。

在乐购停车场里，我的妈妈。她启动引擎，好让暖风吹起来，她在那里坐了一分钟，然后缓缓驶出停车位，汇入前往西邓汉姆支路的车流。霍利伍德山上云脚低垂，云层厚厚地堆积在水汪汪的天空。斯蒂娜线轮渡轧轧作响，驶过海湾；爱尔兰海。

你再也不会那样被疼爱了。自从儿子醒过来后，我自己也是这样想的。但我再次感到痛苦，那种疼爱里面必要而不可避免的复杂性。几乎每次见面，我和朋友都会讨论这个问题：如今养儿育女是不是更难了？我们怎么可能不搞砸呢？

那天晚上，我问我丈夫，提到莫妮卡·莱温斯基，你会想到什么？

那天是周五，我们一边喝着葡萄酒，一边看手机。

我丈夫丝毫没有迟疑。

我没跟那个女人发生性关系，他一边继续划手机，一边用乡巴佬的口气说。

但他发生了。

我丈夫抬头看着我。

当然了。有人怀疑过这一点吗？

好吧，没错。但至少，他们想过要怀疑。

合理的推诿。

放在我们中间的婴儿监视器发出不祥的咔嚓声。我们等着看到底有没有事。结果有状况发生。

我去看看，我丈夫说，尽管上一次也是他去的。

谢谢，我说。如果父母的职责有百分之七十是哄孩子入睡，百分之二十是让他们醒着，那剩下的百分之十就是给配偶列定清单，而这可能就是真爱。

我丈夫离开后，我给朋友发了一个新名字：安娜·尼古拉·史密斯。整个下午我们都在来回发各种名字。托尼娅·哈丁、艾米·怀恩豪斯、莎南·多尔蒂、布兰妮·斯皮尔斯。因为事情并不仅仅关乎莫妮卡·莱温斯基，也和所有一度成为笑柄的女人有关，而后来事实证明——你突然意识到——她们完全是另外一副样子。一旦开始搜索，你就很难停下来。我最近才知道，安娜·尼古拉·史密斯的儿子丹尼尔突然死在了她的病房里，他正在探望自己的母亲和她刚生的宝宝，也就是他那同母异父的妹妹。毒理学报告显示，他服用了她的美沙酮处方药，还有其他一些药物。在葬礼上，她让人把棺材打开，想要爬进去：她恳求人们把她跟他一起埋葬。他死时二十岁，而她只有三十八岁。几个月后，她自己也死于药物过量。

这个好！我的朋友回消息说。一会儿，她又发过来：杰德·古迪。

杰德·古迪！我回复说。

朋友发来一个涂指甲的表情。

我们以前怎么不知道呢？我想这样写，但我不知道搭配哪个表情符号能让这句话更有意思。

你既知道，也不知道。有时候，似乎我的一生都在忙于知道和不知道。好像那是一种技艺，而非一种状态；一个安全模式，一种应对方法。现在有一些关于事物的词语，而过去我们甚至没有意识到这些事物的存在，因为没有属于它们的词。

我丈夫回来后，我问他，西尼德·奥康纳是不是把教皇的照片撕了？

有点印象，他说。不是很清楚。

在这里，你看，我说，在手机上找到了那张照片。

她在“周六夜现场”表演，那是美国的一个节目。彩排时，她举起一张孤儿的照片说，我们坚信善良能战胜邪恶。但在直播的时候，照片变成了教皇约翰·保罗二世，然后她把照片撕了，一下，两下，撕成了碎片。她直视镜头说，要和真正的敌人做斗争。在这段视频的结尾，她摘下耳机，吹灭了身边桌子上的圆柱教堂蜡烛。

我们又看了一遍这段二十九秒的视频，然后是第三遍。每一次，你都感觉有东西沿着脊背往上爬。

老天爷啊。丈夫说。

我不信你不记得了，我说。也许在英国这不算什么。

我拿回我的手机，靠在他的肩膀上。

那时我们应该才十一岁，我说。

我记得那场轰动。一位红衣主教在电视采访上说，她企图用巫术或“交感魔法”去伤害教皇。

过了一会儿，我丈夫说，那根雪茄。

什么？

这是你想到的另一个东西。或者至少是你试着不去想的。

过了一会儿，他说，我累坏了，我们去睡觉吧。

时间是九点三十五，比我们平时上床的时间至少晚了五分钟。我们本来打算看点东西的。

好，我说。

他打开洗碗机，而我给监视器插上电源充电。

我说，在我的生命中，有些时候。这是一句最近才进入我们私人词典的短语，一种含糊其词的说法。

我知道，他说。九点三十七了。来吧。

我睡不着。发生这些事情的夜晚过于残忍。你疲惫不堪的身体充溢着肾上腺素，每一声咳嗽或呜咽都能让它跳起来，最后，它彻底拒绝平静下来。我继续搜索莫妮卡·莱温斯基，找到了那条裙子的照片，那是一个 ebay 链接的缓存页，有人在出售，不是真的那条裙子，售价一百美元。有人在留言里问，不会有其他博物馆想要吗？史密森尼博物馆可能有原品？

我看看那条裙子，看看莫妮卡现在的照片，又看看莫妮卡那时的照片。你甚至不用输入莱温斯基，互联网就知道你想要找的是她。我发现一张模糊的照片，是有人从大学年鉴上扫描来的。

我想到了——没错，再一次——那时的自己。想起了自己的二十四岁、二十二岁、十九岁。

上大学第一周，我们研究了《斯塔尔报告》。事实上，那可能是我参加的第一场讲座。讲座大厅挤满了大一新生，还有大二甚至大三的学生。年轻的讲师是学校里的名人：我已经知道很多事了，包括一些绰号，用来称呼食堂厨师、门房，还有那个每天为我整理床铺、清倒垃圾的女人——我为此感到羞愧。我还没来得及使用这些绰号，因为我相信，用我的口音说出来会很可笑。

讲座的主题是实用批评。这是我必须掌握的最新技能或者说概念。如何细读并分析一个文本。我努力忘记我们中学会考时老师——她刚参加完教师培训，一腔热血——敦促我们解释为何威尔弗雷德·欧文选择某个特定的词语。我和我的朋友们哧哧窃笑，私下传着纸条。

是为了押韵？当她终于叫到我的时候，我嘲讽地说道。我使用的语气足以让我的朋友们会意，而她可能听不出来。

我旁边的女孩说，都是胡说八道，全都是。他在战壕里，被炸得屁滚尿流。他想把诗写在纸上，他当然不在乎他用了什么词以及为什么。

这位讲师身材细长，棱角分明，据说脾气暴躁，又相传很有才气。他径直走上讲台，立刻开始大声朗读起来，我们则摸索着逐排传阅过来的讲义。

> 有一次，莱温斯基女士和总统在幕僚长办公室里单独交谈。在跟总统调情的过程中，她把外套向后掀起，给他展示自己丁字裤的带子，这些带子一直露到裤子上面。

他读的是《斯塔尔报告》。他抬起头说了一个笑话，关于美语和英语中内衣的不同说法，他停下来，等待大家的笑声。所有人，包括我在内，迫于责任都笑了起来。突然，他指着一个戴金属框眼镜、面红耳赤的男孩说，接着读。

“莱温斯基女士的证词说，”那个男孩读道，“我确定他接了一个电话……于是我们从走廊移到了后面的办公室……他把手伸进我的裤子，并用手刺激我的生殖器部位。”

他说，直接从《海恩斯手册》上抄来的，我们又都笑了起来，但我并不知道《海恩斯手册》是什么东西。

我们再听听这一段，他说，然后叫了另外一个人。

> 我确定他接了一个电话……于是我们从走廊移到了后面的办公室……他把手伸进我的裤子，并用手刺激我的生殖器部位。

他说，我还是不明白。再来一次。

我在第二或第三排，拼命避免引起他的注意。如果他让我大声朗读，或者发表意见，我会愣在那里。我知道我会那样，然后让自己成为一个笑柄。

第四遍之后，他开始可怜我们，或者只是厌倦了。

他说，省略号。为什么我没有听见省略号？省略号是其中最重要的部分。

他自己用假声读了起来。

> 我确定他接了一个电话，点，点，点，于是我们从走廊移到了后面的办公室，点，点，点，他把

手伸进我的裤子，并用手刺激我的生殖器部位。

可怜的莫妮卡，一本正经，慌里慌张，试图保持端庄，他说。我的意思是，再看看这些省略号——点，点，点，点，点，点。想想它们透露了什么，或者试图隐瞒什么。

当我试着让自己隐身的时候，当总统继续讲电话的时候，当演讲者昂首阔步并且开着玩笑的时候，她跪在地上，上演了（“上演”，演讲者说，这其中有多少是在表演，表演给谁看？），她上演了口交。

他挂断了电话，过了一会儿，他让莱温斯基女士停下来。按照她的回忆，“我告诉他我想——点，点，点——做完那事。他说——点，点，点——他要等到更信任我的时候。然后我想他接下来开了一个玩笑——点，点，点——说他已经很久没做过那个了”。

讲师说，色鬼比尔还没有结束，但跟他一样，现在我们跟莫妮卡之间已经结束了，虽然她还有可能回来纠缠我们。

我们笑了起来：笑莫妮卡，长舒一口气，笑那个关于不满足的丈夫的转喻（这对我来说是个新词），然后我们转而讨论华兹华斯的诗歌。

这一小时结束的时候，所有人，包括我自己，都鼓起了掌。对我来说难以想象的是，你可以把关于口交的逐字记录和华兹华斯的诗摆在一起，并且给予它们同样的关切和注意力。

这么多年过去了，我仍然记得。点，点，点，点，点，点。说了什么，没说什么，以及为什么。

他本来是很有领袖魅力的，我妈妈说。

一语中的（我的朋友说）。

现在，在我的手机上，我找到了《斯塔尔报告》的开头：当她向他介绍自己的时候，他说，他知道她是谁。

至少我们——

我开始给我的朋友发短信，手机屏幕闪烁着，期待着每一个字。现在是凌晨两点，但她的宝宝也在长牙，哪怕在夜里这个时候，哪怕在早上，那个小对话框也会变蓝，显示她已经读过了。

至少我们——

然后我停下来。我把手机拿在手里，专注于呼吸，我能感觉到肺部的释放和充实，然后我一个接着一个，删除了那些字符。

陶罐

办理登机手续时，他们分开了，好让每个人都有机会为他们的旅伴做见证。你永远不知道，华理克牧师说，这次回家投票看起来真的很了不起，你可能会改变某个人的想法。

她的座位靠窗，一个紫色头发、戴粗框眼镜的中年女人坐在靠过道的座位上。她们之间的座位空着，如此一来，这个女人便成了她唯一的机会。她等待着，直到飞机安全飞到空中（我若展开清晨的翅膀，飞到海极居住，就是在那里，你的手必引导我，你的右手也必扶持我[①]），才深吸一口气，转向那个女人。

你好，她说。她能从前排座椅的空隙中看到斯蒂夫的侧脸，想知道他能不能听见她说话。她清了清嗓子。

我想知道你有没有一点时间，来聊聊对胎儿生命权的看法。

女人看着她。你是为自己问的吗？她说。

过了一会儿她才明白，女人指的是她。

哦，天哪，不是！她说，很高兴斯蒂夫没在听。我是青年联合会的成员，她飞快地说，我们要去爱尔兰，帮助说服人们在下周做出正确的选择。

好吧，女人说。一时间，她似乎马上就要说出别的话，但接下来她微笑着说，亲爱的，我百分百站在你这边，然后便塞上耳塞，闭上了眼睛。当饮料车过来的时候，女人睁开眼睛点了两瓶迷你红酒。她把两瓶都打开，倒进同一个杯子里，酒几乎溢出来。她想再确认一下这个女人是不是打心眼里把耶稣基督当成救世主，但当她再度鼓起勇气开启新的话题时，酒已经被喝完了，耳塞也回到了原处。

发餐食的时候叫醒我，女人说，戴上了眼罩，但如果是别的事，不要让任何人打扰我。她只好说，哦，好的。

---

① 出自《圣经·旧约·诗篇》，139：9—11。

晚上在华理克牧师家里，做练习。

强奸或乱伦的情况该怎么办?

这是个大问题，斯蒂夫说这句话时眼神很坚定，他紧盯着丽贝卡的眼睛。有那么一会儿，丽贝卡没有说话，所有人都屏住呼吸。然后她呼了一口气，说，这两种情况都非常、非常可怕，但是，仅仅因为父亲的罪过，就该让一个无辜的孩子遭受死刑吗?

他们两个人互相对视着。斯蒂夫离她很近，近到可以伸出手来触摸丽贝卡的脸。有那么一瞬间，他似乎就要这样做了：去触摸她雀斑上汗水的微光，或者把她的乱发塞到耳后。他的右手握成拳头：握紧，又松开。他的耳饰在光线的照射下闪闪发光。

他说，被迫怀上强奸犯的孩子，这对一个女人来说是否值得?

怀孕的条件可能远非理想，但给此种情形加入谋杀并不会让它变得更好。两害相加并不等于正当。

你提到了正当，他说，那女性的正当权利呢?

我们完全支持女性的权利，丽贝卡说，仍然跟他对视着。我们唯一不支持的是经社会认可的对无辜者的屠杀。

哦，得了吧，他说。不过是一团细胞罢了。

两个微小的细胞奇迹般地组合在一起，立刻形成独特而完整的基因图谱，血型确定了，眼睛的颜色确定了，头发的颜色确定了，还有永远跟别人不同的一套指纹。她说，技术已经向我们表明，受孕二十一天后就可以检测到心跳了。就因为它不符合我们的意旨，所以就要抹煞这些吗？

好吧，他说，准备再次反击，但这次她继续说了下去。

我们需要记住，这不是关于我们，而是关于那些依靠我们来——直白点说——拯救自己生命的人。为了那些我们难闻其声的人们，请看向你内心最深处，请做正确的事情。

他们一定能够感受到对方的呼吸，感受到彼此身体的温度。

好，斯蒂夫说，然后举起双手，手心朝外。好，我被说服了。很好。

他们又对视了一会儿，然后丽贝卡的脸上慢慢泛起红晕。她移开了视线。

在过道对面，丽贝卡正在看电影。她看不清斯蒂夫在做什么，也看不见华理克牧师和詹恩。她把头靠在冰冷的机舱壁上，看向窗外。什么也看不到：爱尔兰比美国早五个小时，他们已经飞驰入了夜晚时间。她随身带了研读本《圣经》，这是当然。她应该读《圣经》，或者祈祷。她应该在脑子里演练那些可能的争论。

> 仅因为“反正人们总会那样”，就能认可性奴役或者恋童癖吗？
>
> 仅因为基督教会认可数学，学校就应该停止教授乘法表吗？
>
> 错的就是错的，哪怕所有人都错了。对的就是对的，哪怕没有人是对的。

转而，她想起了皮肤科医生的候诊室。在他给你开阿库坦[①]之前，必须先测试你有没有怀孕，而且服用期间每个月都要测一次。她走出诊疗室，向她妈妈大声宣布，

① Accutane，一种药品的品牌名称，用于治疗严重的结节性痤疮。

嗯！这一次我肯定也没怀孕。她说得太大声了，有几个人瞥了她一眼，好像她本来有可能怀孕似的。那种羞耻感：她甚至没跟男孩接过吻，只跟诺亚·迪恩牵过一次手。洗漱包里装着绿色吸塑包装的敏高乐避孕药，那种羞耻感。

阿库坦包装盒里的小册子上说，异维A酸有严重的致畸作用。如果在孕期的头三个月接触到，胎儿出现严重的颅面、心血管、胸腺和中枢神经系统畸形的概率将达到20%—35%。还有30%未出现严重畸形的新生儿会有中度到重度的智力障碍，而高达60%的新生儿会出现神经心理功能的损害。小时候他们经常玩一个游戏，用越来越糟糕的情况刺激对方。每一次，他们所有人都言之凿凿地说自己会生下那个孩子。而她真的会。她会生下它，并且爱它，不管它长什么样，不管它如何畸形。她会爱它，而且这个世界上没有任何、任何东西能改变如下事实：它是她的，是她的孩子。

教堂里的那些女人，处在孕期的不同阶段。她们像面团一样干净而甜美，双手平静地放在腹部，脸上有一种渺远的神情。她们柔软的面颊，闪亮的头发。她们的神色表明，她们知道一些我们其他人都不知道的东西。如果是女孩，她会叫她格蕾丝，如果是男孩，就叫西奥多[①]。

她闭上眼睛。出发前，华理克牧师依次为他们每个人做祷告。他强壮温暖的双手放到她头上：如果定下神来，她仍能感觉到来自那双手的能量的搏动。主啊，既然你的孩子是因为你的怜悯才拥有这项使命，那么请不要让她失去信心。即使她被各方重压，也不要让她被压垮；蒙受迫害而不被抛弃；遭遇击杀而不被摧毁。让她把耶稣之死带在身体里，以便耶稣的生命也能透过她的身体被揭示出来。阿门。

结束时，他们唱了她最喜欢的一首赞美诗：《有一座绿色山丘》。华理克牧师说这首很合适，因为他们要去的正是翡翠之岛。最后一节结束后，斯蒂夫继续弹奏着吉他，弹出甜蜜、复杂、哀伤的和弦。一种熟悉的感觉再次涌上她的心头；一种强烈到令人疼痛的渴望。

在青年旅社，他们展开在国内做好的横幅和海报，把深深的折痕弄平整，然后用胶带把它们粘在竹竿上。最大

---

① 格蕾丝（Grace）和西奥多（Theodore）都有“上帝的恩赐”之意。

的一幅有六英尺长，亮蓝色的字体，背景是他们画的黄色星星。上面写的是，我未将你造在腹中，我已晓得你。他们又在下面挤进了一行小字，耶利米书 1：5，好让那些不能立刻会意的人知晓其出处。耶利米的召唤是华理克牧师最喜欢的故事之一，“哀哉，主啊，”耶利米说，“我不知该怎样说，因为我是年幼的。”但主告诉他说：“你不要说我是年幼的，因为我差遣你到谁那里去，你都要去。我吩咐你说什么话，你都要说。”然后他伸出手来，按在耶利米的口上，对他说：“对我说，我已将当说的话传给你。”

华理克牧师带大家做祷告，告诉他们天亮之前尽量休息一下。他和詹恩拥抱并道晚安；尽管他们已经结婚了，可以要求一个单独的房间，但他们还是像其他人一样住在集体的房间里。她看向别处，好留给他们一些空间。丽贝卡用手比了一个心形。他们都在为华理克牧师和詹恩祷告，他们结婚快两年了，希望他们被尽快赐予一个他们渴望的孩子，越快越好。

如果你们分房睡，那是不可能发生的，她身上那个刻薄、冷酷的部分这样想。她把这个险恶的念头推到了一边。

天亮得太早了，好像在她、丽贝卡和詹恩终于入睡后，时间只过了几分钟。在餐厅，鸡蛋苍白无力地卧在电烤盘的一汪汪油渍里，一想到它们，她的胃就开始翻腾。但华理克牧师反复强调，面对即将到来的一天，他们一定要打起精神。她勉强吃了几口，主要是吐司，然后啜饮了一杯煮过头的咖啡。也许这就是人们所说的晨吐，她想。毕竟，那种药[①]的作用就是欺骗你的身体，让它以为自己怀孕了。

这个念头让她皮肤紧绷，五脏六腑以一种奇特的方式放松下来了。主啊，让我把耶稣的死携带在身体里；让我跟自己隐秘而羞耻的样子一刀两断。

他们在大学和主商业街之间支起了摊子，就在莫利·马龙的雕像旁边。在这里，华理克牧师自拍了一张他们所有人在一起的照片，准备用在通讯稿上，然后又把它删了，因为它看起来很不雅：他的头和咧开的嘴不经意地

① 原文为 The Pill，在英文中这种表述专指避孕药。

歪向了雕像高耸的胸部。她很高兴他把照片删了。小时候，她妈妈总给他们唱那首歌，她确信歌里的莫利是个小女孩，而不是一个体态丰满的女人。除此之外，在照片中，她明显比斯蒂夫高。他们又靠着栏杆自拍了一张，让耶利米横幅也出现在镜头中，然后他们握紧拳头，准备开干。

事情跟她想象的不一样。一些生命支持运动[①]的成员停下来介绍自己，他们都拥抱在一起，交换一些小册子，但几乎没有其他人停下来聊聊；或者即使有，他们也已经打定主意要来大吵一架。

你们错了，一个路人对他们喊道。错了，错了，错了，错了，错了。

我会为你祈祷的，华理克牧师说。然后那个女人说，哦，听我说，那些祷告你还是自己留着吧。而他只是重复道：我会为你祈祷的，女士。

我们都会的，詹恩补充说。祝你拥有愉快的一天。

---

① Pro Life Campaign，是一个爱尔兰反堕胎宣教组织。

哦，我会的，女人说，挨个打量他们每一个人。

你一定会的，詹恩说，超级愉快的一天。丽贝卡咯咯笑起来。而她只是把目光移开，用她的芭蕾舞鞋蹭着人行道。

嘿，斯蒂夫说。嘿，别让他们影响到你。对的就是对的，即使没有人是对的，对吗？

她转向他。这是他一路上第一次直接跟她说话。他笑了笑，摆弄着他的耳饰。她希望她的妆容看起来不要有太多橘色，那是在旅店浴室刺眼的光线下匆匆化就的。

是的，她说。对的就是对，她试着想出一些诙谐的话来，但他已经转身离开了。

他们制造了一个体系，勉强可称为一个体系。那些提出化脓性流产或者拒绝在怀孕期间接受癌症治疗的人会去找詹恩，她读过一年医学预科。那些引述《圣经》的人——通常是恶意的，故意从《利未记》或《箴言》中选择相互矛盾的段落——则去找华理克牧师。她、斯蒂夫和丽贝卡轮流举着横幅，试图把注意力放到年轻人身上，尽管从理论上来说，爱尔兰有言论自由，但他们不被允许把横幅挂在市议会的建筑上。唯一接近他们的年轻人是一群青少年，冷笑着旁观了几分钟后，他们走上前说，为什么美国人在说“爱尔兰”的时候，要用上他们的整张脸？[1]

这可不是很友好，斯蒂夫说。然后他们当中的一个人说，是啊，不过，你们不请自来地干涉我们的宪法问题也不是很友好。

斯蒂夫说，我的家族其实是从爱尔兰来的。不知为何，他们觉得这很可笑。

她的家族也来自爱尔兰：十九世纪的某个时候，她的曾曾曾——她搞不清楚要曾几次——曾祖母从科布坐船抵达斯塔腾岛，她知道科布的发音是“cove”。她一直想知道这次旅行期间有没有时间前往那里，看起来只有几个小时的车程。

一个男人停下来说，你们做得对。他坚持用自己那布满褐色斑点的手跟他们每个人握手。你们做得对。做得对。你们做的是上帝的工作。

她感觉自己再次被光芒覆盖。他们可以在黎明出发，

---

① 相对于爱尔兰来说，美式英语元音较为饱满，会引起更多的脸部肌肉运动。这里是暗讽美国人说话方式夸张。

如果抓紧时间开，中午前就能回来。在路上放放音乐。要租车你得满二十一周岁，所以必须是斯蒂夫去租，但是她有钱，她妈妈给的，以备不时之需。她还没敢提起这件事。丽贝卡的家族最初来自瑞典，所以她有一头金发，科布对她来说可能毫无意义。

当那个女人走过来的时候，她刚把杆子交给丽贝卡，让她拿一会儿。

对不起，女人说，打扰一下。

那个女人在跟她说话。

你好，今天过得怎么样？她说，露出最灿烂最热情的笑容。但她还没来得及递上传单，女人就说，二十一周的时候我被诊断出 FFA。你们知道 FFA 代表什么吗？

她深吸一口气。嗯，她知道这个问题的答案。

对你的损失我深表遗憾，她说，但那个女人已经在说话了，完全不顾她在说什么。

它代表致命胎儿畸形，女人说。去年，二十一周的时候我被诊断为致命胎儿畸形，我们花了两年时间才怀上。整整两年。然后他们做了扫描，告诉我们这个结果。他们无能为力，所有人都没办法。出了子宫他连五分钟都活不了。

女人的声音低沉而平静。她的眼睛四周有皱纹，如果换一个场合，这会让她看起来很爱笑。

对你的损失我感到很遗憾，她又说了一遍。想一想大卫在《诗篇》139 中说的话，可能会给你带来一些安慰。“我未成形的体质，你的眼早已看见了；你所定的日子，我尚未度一日，你都写在你的册上了。”

他无法存活，女人说。如果他出生时能活下来，他会在几分钟内窒息而死，承受巨大的折磨和痛苦。

但是他选择了你，她说。

谁选择了我？

上帝选择了你。还有你的宝贝——他也选择你做他的母亲，无论时间多么短暂。

对不起，怎么可能同时选择呢？

你说什么？

如果上帝选择了我，那怎么可能也是婴儿的选择呢？

她瞥了一眼其他人。华理克牧师正在认真地和他人交谈，詹恩皱着眉头看手机，丽贝卡正在和斯蒂夫说笑，没有人注意到她。

上帝为我们制订了一个计划，她说，至于是否能实现，则取决于我们自己。

亲爱的，过了一会儿，女人说，我能明白你的好意，但你什么也不懂，你对生活一无所知。

她说得很温柔，带着足够的关切。他们已被呵斥嘲笑了一整天——甚至被吐口水。没有人带着这样的善意交谈，仿佛他们关心你，仿佛他们能透过你的连帽衫、牛仔裤和青春痘看到你不朽、闪耀的灵魂。

她盯着女人的嘴唇，试着想出回应，因为此时此刻，正确的言辞将帮她赢得这个女人，而错误的言辞则会让她永远失去她。怀着一阵莫名的念头，她想知道亲吻这个女人会是什么感觉。这个想法带来的冲击让她感觉厌恶，她感到自己的脖子和脸颊在发烫。

你好。丽贝卡侧身过来。今天有什么能为您做的吗？

她感觉那个女人的目光又在她身上停留了一秒。但随后女人后退了一步。

不用了，谢谢，她对丽贝卡说，露出一个灿烂的笑容。我得走了。

有兴趣看看我们的宣传册吗？丽贝卡喊道，但那个女人已经走了。

回头看看，回头看看。

但她当然没有回头看。

都还好吗？华理克牧师说。

是致命胎儿畸形，她说。他们被告知婴儿出了子宫无法存活。

好吧，华理克牧师说。那我们有没有谈到抱着自己孩子的喜悦？不管那是多么短暂的喜悦？我们有没有提到把健康的器官捐献给迫切需要它们的人们？

呃，没有，她说。我实际上没能进展到那一步。

华理克牧师皱起眉头。他胸前挂着一个 GoPro 摄像机，以防遭到误解或袭击，也是为了把旅行剪辑成影片，回家后好让人们观看。

GoPro 关上了，他说。当那盏小灯熄灭的时候，他说，去买瓶汽水吧。

她想说自己没事，但他举起了一根手指。

对面就有一家购物中心。休息一下，买瓶汽水，吃点东西。他像变魔术一样从口袋里拿出一张纸币。我请客。

她接过来。谢谢你，她说。没问题。

你做得很好，孩子，他又补充道。时差可能是个大问题。

在商场里，她买了百事极度和薯条，然后坐在桌子旁搅动着冰块。邻桌两个老妇人正文雅而一丝不苟地吃着汉堡，讨论着投票的事。她应该加入谈话，介绍一下自己，并且问问她们准备如何投票。每一次相遇，每一个机会，都很重要。但她可乐喝得太快了，鼻窦开始隐隐疼痛。

《圣经》营结束后的那些夏日午后，她们把两角五分的硬币和镍币攒到一起，为该买哪种口味的冰沙争论不休。她们都对冰沙摊位上那个褐色头发的男孩有好感。挑拨着彼此去问他，泡泡糖会不会把舌头染成蓝色？如果他以任何形式回应，她们该有多震惊。要知道，你身体中那个纯洁、神圣的殿堂是为你的丈夫和你要创造的孩子保留的。斯蒂夫说，如果你的初吻是在祭坛上，是在上帝的注视之下，那多酷啊。实际上，如果考虑到上帝能看到一切，这根本没什么意义。

她站起身。薯条还没碰，但她该回去了。

对立阵营在购物中心外面设了一个摊位，摆着运动衫和T恤，进门的时候她不得不快步走过。一个粉红色头发的女孩正在向过路的人叫喊，说他们只剩一件T恤了。那是一件白色的T恤，胸前印着一颗红心。有那么一瞬间，她想用华理克牧师剩下的钱买下这件衣服。她会说，这是那个摊位上的最后一件了。我买它是为了防止有人明目张胆地把它穿在身上。但是，他们当然会说，那些钱，那些由善良的人怀着善意给出的钱，仍然会直接用于资助对无辜的小生命的屠杀，不管你的意图是什么，不管你的笑话有多好笑。

她突然对那个女人怒不可遏。其他人都没有休息。这是华理克牧师的主意，他说得很客气，并且确保摄像头是关闭的，但尽管如此，它仍将被记录下来。关于他们，你可以由果推因。有成千上万贫穷、无望、无助的未出生婴儿都要指望她。我为你的损失感到遗憾，这是她应该说的话。但直截了当地说，一个悲惨的个体故事并不意味着任何人只要愿意就能杀死一个婴儿。

可能是时差的原因。可能是避孕药的原因。但是这一切都会重新变得有意义，她知道会的，就像在家里一样，在青年小组里，华理克牧师告诉他们，他们是多么正确，多么受庇佑，他告诉他们只有一个真理，而我们也必须成为燃烧的、闪耀的光；这是放在陶土罐中的宝藏。

夜间漫步

不知道为什么，你突然醒了，心怦怦直跳。

什么都没发生。婴儿就在你身边，正在安睡。在盐灯的橙色光晕中，房间里的影子都是静止的。儿子的房间里也没有声响。

婴儿发出呜咽。有时，你会比她先一秒醒来，好像你的身体知道似的。那些主张母婴同床的育儿博客上是这样说的。母亲的本能会保证你们两人的安全。不过也有可能是你把她吵醒了。你翻身时羽绒被的沙沙声，还有梦中的骚动。你躺着一动不动，等着看她会怎么样。

就在这时，你又听到了。

是走廊里木质地板上的脚步声，试图不发出咯吱声的脚步声。

不。

你等待着。

你知道这间公寓的地脉，那条可靠的、易于行走的通道。地板木龙骨出了问题，势必会吵醒一个熟睡的婴儿，即便那是一个在马路上警铃大作时也能酣眠不醒的婴儿。

还是没动静——但是此刻的这种没动静令人紧张。

现在是夏天，所以暖气是关闭的；不可能是管道或散热器启动时的喀嚓声。现在是夏天，所以阳台门开着，好让空气进入不通风的公寓。你住在三楼，玻璃盒子般的阳台没有跟邻居们的连在一起，所以它看起来总是足够安全。

你的呼吸声听起来很吵闹。心跳声也是，像一个被困之物那样在你胸前跳动。

婴儿抽动鼻子，发出簌簌的声响，翻过身趴在床上。是另一阵脚步吗?

你用你的指尖听，用你的每根头发听。

昨晚锁门了，你敢肯定。确切地说，没有完全锁上，因为丘伯锁卡住了，你只把卡栓按下去，好让耶鲁锁动弹不得。在心照不宣的家务分工中，这跟垃圾桶、可回收物和洗锅子一样，一直都是你丈夫的事。但他要离开两个晚上，去柏林参加一场研讨会，今晚是第一晚。夜晚这么长，有时你懒得合上百叶窗。会有人在看吗？关于对面的家庭，你无意中了解了很多，他们生活的缩影。是不是有认识你的人、认识你丈夫的人，从他的 Facebook 或 Instagram 上知道他不在家？

你听着，听着。整个身体都因为倾听而疼痛。

门的铰链有点脱垂了，总是卡在门框上，有一个男人来重新安装了前门。之后的几个星期里，你的手机上总有一个陌生号码的未接来电。终于，你给这个号码发短信问，*你是谁？*一条消息秒回说，*一个爱慕者*，后面跟着一个笑脸，然后是第二条消息，*你想去喝一杯吗？*

我想你弄错号码了，你回复说。

我不这么认为（又是一个笑脸）。

对不起，但是我不知道你是谁。

你知道。

你没有回，那天晚上你给丈夫看了短信。他说，你想让我发条短信，说句我是你丈夫，或其他什么话吗？

说什么？说滚开，这是我的私人物品？

你们俩都笑了，事情似乎不再那么可怕。

当时你怀着孕，但还看不太出来。你经常犯恶心，头晕脑涨。这个男人的到来把你从午间小睡中惊醒——头三个月的疲惫从你的每块骨头里往外渗。你表情漠然地站在门口，甚至有点暴躁，然后又用满脸假笑过度补偿，端上茶、咖啡和你储藏的姜汁饼干。这时他说，我真正想要的是一杯冰啤酒，你也笑了，说，听起来不错。

你觉得肯定是他，但还没有肯定到去联系他的公司。再说，他换的不是锁，只是铰链，而且也没有更多短信传来。

有一阵子没再传来任何声音：久到你开始觉得这一切都是你想象出来的。或者不是想象，而是你听错了，那是你儿子房间里的动静：挥动的手臂碰到了床栏，或者一本书掉到了地上。

你该去看看儿子。今天晚上他苦苦哀求，想像婴儿出生以前那样，去你的床上睡。你差点就答应了。你自己也有点想，他光滑的身体带来的温度，他偎依着你的方式，仿佛皮肤不再是界限。但你知道，如果那样做，你们所有人都睡不好：婴儿会把他吵醒，他也会把婴儿吵醒，婴儿看到他会以为天亮了，玩耍时间到了。所以你坚定地拒绝了。

儿子最近很害怕小偷，所以你一直在给他读你小时候在图书馆看的那种童谣书：劫匪的名字叫丹大盗或贼奶奶，用一种复杂不安的舞步跟警察玩猫捉老鼠的游戏。小偷偶然偷了一个婴儿，然后改邪归正，归还了自己偷的东西。

你真该去看看他，但不知何故，你的身体不肯动。如果有人在公寓里——肯定没有，你告诉自己——但万一有的话，那最好的情况肯定是你们都睡着，或者看起来睡着了。就让那个人，或那些人，拿走他们想要的东西，然后迅速溜走。你的笔记本电脑在厨房的桌子上，包在沙发旁，书架上的陶瓷苹果里装着零钱，大部分是碎钞。应该花不了太长时间。说不定已经做完了。

你试着回忆那些声音——如果有的话——是向卧室还是客厅移动；是听起来越来越近还是越来越远。

这个地区有贩毒的问题，成群结队的瘾君子在街上走来走去，如同一部反乌托邦电影，废弃的针头，烧焦的碎针管。有时候你能在阳台上看到毒品交易；十几岁的男孩站在角落里放哨，迷你邮差包里塞着厚厚的现金卷。汽车逆着单行道飞驰，交易一旦完成，瘾君子们就会一哄而散。警察在街上分发过关于抢劫和住宅安全的传单。但你听到的动静是偷偷摸摸的，而非紧急状况。

潜在的强奸犯会在半夜潜入房屋，静候着他们的猎物，倾听她们的呼吸。绑架犯把孩子们掠走索要赎金：一个小男孩，金发，不到三岁。

别想了。现在就去。起身，然后查看，就像你经常命令儿子的那样，衣柜里没有盗贼，床底下没有怪物。

你坐了起来。

法语老师告诉过你，夜间走路的时候要用拳头握住家里的钥匙串，把一枚钥匙从第一根手指和第二根手指之间穿过去，这是一个临时的武器。在一本小说里，有人用一枚发卡刺破了绑架犯的眼睛，从而挫败了一次绑架的企图。你在房间里四处寻找，一支建筑师用的铅笔，那种能把可替换的铅芯从明晃晃、尖锐的笔尖中推出来的铅笔。

一枚回形针？

外面，警笛声呼啸而过，刺耳而不协调。

你压抑住一阵口水的呜咽。

你的手机在过道里。你读过一篇文章，关于手机辐射和癌症之间的关联性，这篇文章让你沿着互联网的兔子洞找到了加利福尼亚州的一篇官方公共卫生指南，讲的是如何减少辐射接触量。从那时起，你就坚持认为不能把手机放在卧室里充一晚上电；你的卧室很局促，插座就在婴儿的小床旁边。那你该怎么办呢，给你的丈夫打电话直到他醒来；然后发短信说，公寓里可能有人？在家庭群里发消息，给你远在数千里外另一个时区的姐姐发短信，让她给警察打电话？

接线员会说，你遇到了哪种紧急状况？

半夜我醒了。

你把羽绒被从腿上掀开。人们说，一旦你有了孩子，你就永远不会真正入睡了，即便在孩子们终于睡着之后也不行。你的脚落在地板上，就像你总是朝儿子抱怨的那群大象一样。如果公寓里有人，他们现在肯定已经听到你了。你放弃了贴着墙走的计划，迅速进入过道，抓起手机。你站了一会儿，什么都没有。你走进儿子的房间，他侧身躺着，身子挂在床边。你抱起他，把他塞到床上，用嘴唇贴住他的脖子。他呢喃了一声。不出所料，婴儿已经开始哭了。你回到卧室，把她抱起来。她停止哭泣，嘴巴开始寻找，但你没有喂她，只是把她放到小床上，这样她就不会掉下来了。在她愤怒的声音中，你开始沿着过道的另一个方向走，经过前门，进入客厅。

好像有什么东西不对劲，又好像一切正常。

是活动百叶窗，挂在敞开的门上，在微风中轻轻撞击着门框；是一块积木，然后是另一块积木，从你儿子那摇摇欲坠的高塔上掉落下来，高塔是用乐高玩具、麦片盒还有他小妹妹的积木搭建而成的，他坚持要你把它放在外面过夜。

你把阳台门拉上，拧紧把手。

你检查了前门，再用婴儿车抵住，以防万一。

婴儿的哭闹声已经到达顶点。儿子也醒了，在呼唤你。你身上一些微小、可耻的部分正在庆幸自己并不是独自醒着。

你应该去找他们。把儿子抱在怀里，把他带到你床上，给婴儿喂奶，然后一起躺下。几个世纪以来，家庭一定都是采用这样的方式，动物的方式。

外面又响起了警笛声。现在更频繁了，也更响亮，音调和频率也在提高。有一些东西仍在拉扯着你意识的边缘。走廊里有一张镶框的地图，挂在挂钩上，有点歪了。你把它扶正，然后想：画框一直都是坏的吗？有那么一瞬间，你感觉有双戴着手套的手搭在你肩上，温热的呼吸喷在你的脖子上。为什么百叶窗会在没有风的晚上发出声响？为什么一座高塔会突然坠落？

你告诉自己，有些事情正在发生，在某个地方，但不是在这里，不是这里，不是现在。

孩子们

阳光下的特兰平顿街如雕塑一般：斜溢交叠的光线以及鲜明的暗影。交通拥挤，出租车缓慢地行驶着，司机正向我介绍沿途的景点。菲茨威廉博物馆，皮特大厦，彼得豪斯学院。我们已经看到了后园，还有数学桥，那是艾萨克·牛顿设计的，出租车司机说，没用一颗螺母或者螺栓。学生们有一次把它拆了，想一看究竟，最后却无法组装回去。我知道他说得不对。早在这座桥建成的四分之一个世纪之前，牛顿就去世了，而且它确实有螺栓和铁钉，从不易察觉的角度楔进去的。在那三年时间里——无论是心情好还是心情糟糕——我几乎每天都从这座桥上走过。但不知不觉，说这句话的时机已经过去了，所以我微笑着点点头，任由思绪飘荡。

我正在写一篇关于卡洛琳·诺顿的文章，她通过改革儿童监护法案的斗争，“改变了许多母亲的命运”。她传记的推荐语就是这么说的。传记在我的手提袋里，但目前为止我只读了推荐语，放在一起的还有一沓她的诗歌，现在又加进一大堆影印的文稿，都是关于婚姻、维多利亚时代的法律以及妇女对于平等的诉求。我刚从吉尔顿学院回来，那是剑桥的第一所女子学院；挑高天花板的房间里书架林立，阳光穿透灰尘，走廊里铺着镶木地板。教工餐厅里，一顿在电炉充满耐心的灯光下保温的自助午餐（清炖鲑鱼，土豆，混合豌豆玉米粒）。一罐共用的自来水，尝起来有淡淡的锡味。体面的环境中彬彬有礼的腔调。这一切听起来都非常合理；卡洛琳·诺顿写给“尊敬的阁下”的信；她的小册子；她谴责童工制度的檄文；她提交给上议院的法案。我将阅读这些文本，写下一言半语。

在这个六月，昔日之我的魂影整日纵情沉湎，骑着一辆生锈的自行车，背着一背包的书，穿梭在西季威克校区和图书馆之间，满怀热情地坐在破旧而塌陷的扶手椅中。现在，突然传来的一连串汽车喇叭声和司机的怒吼让它瞬间消散了，司机把车猛地停到禁止停车的地方。我们到了。丈夫和孩子们正在植物园里等我。我给司机付了钱，把手提袋背在肩上离开了，忘记了其余的一切。

第二天，我发现自己的乳房里有一个肿块。

一开始我没太在意，我在哺乳，可能没什么事，也许它会自己消失。但它没有。一周过去了，然后又是一周。现在它变大了，而且确凿无疑地就在那里。我搜索了一下谷歌：肿块长到多大需要去医院。搜索出来还是谷歌一贯的结果，它说可能是不治之症，也可能什么事都没有。我给全科医生门诊打了电话，他们一反常态地说，明天就可以面诊，并指定了一个时间。好的，太好了，我说，不确定自己是放下心来，还是更担心了。

第二天早上，我抓起那个原封未动的手提袋，躲过了早餐时的手忙脚乱。诊所人很多，而且总是开门很晚：这将是一大块阅读时间。在候诊室里，我拿出那本传记，屏蔽了一直循环播放的关于糖尿病诊疗建议的电视片，屏蔽了在疫苗接种室里大哭的学龄前儿童和一直干咳的老人，也屏蔽了一位母亲，她正在用孟加拉语大声责备她那因百无聊赖而大打出手的儿子们。在一次激烈的争吵后，她被迫与孩子们断了联系，从此致力为妻子和母亲们的权益而修缮法律。

这就对了，我对着封面上的画像说，那是一幅慵懒的油画，她穿着一件露肩的衣服，戴着一只金银色的手镯，一丝不乱的头发仿佛上了清漆，手中优雅地握着羽毛笔。让我们开始吧。

我浏览了关于卡洛琳的父母和她自己早年生活的内容，她接受了一次求婚，就像她说的那样，人生便开始了。

卡洛琳最早的创作是一些歌曲，歌名中包含着一个完整的故事。从她结婚之前的《罗莎莉，醒醒吧我的爱人》《擦干那颗晶莹的泪珠》《童年嬉戏的家园》《亲爱的勿忘我》，到后来的《哦，悲伤、悲伤的心》《我为何要歌颂逝去的日子》《不爱》。尊贵的——或者也并不那么尊贵的——乔治·查普尔阁下嘲笑她的信件和野心，将她写的东西付之一炬。他用她的版税给自己买了一辆敞篷车，敞篷车（cabriolet）这个词来自法语，意为“飞车”，因为它开起来轻盈而奔放。一种花哨而完全不实用的交通工具。但是，当医生让她去海边吹吹海风，缓解第二次怀孕的反胃症状时，她却不得不跟房东太太睡一张床，好节省一些开支。他扇她耳光，殴打她，抓着她的脖子把她甩到地上。他狠狠地踢她的肋骨，让她好几天都没办法坐起来。他把她的脸打得一塌糊涂，以至于她妹妹看到时差点吐出来。早餐桌上，他命令她离开自己的“专属”席位，如果她拒绝，他就会拿起滚烫的茶壶压住她的手，然后他坐在她的位置上，平静地吃早餐。她离开了他。他乞求她回去。她可怜他，出于对孩子的考虑，又给了他一次机会。还不到两天，他又狠狠打了她一顿，她失去了未出生的孩子。他任由她在地上流血，自己去苏格兰猎松鸡，甚至拒绝支付医生的账单，让她去找自己的哥哥要钱。在接下来的几个星期里，她一直坐着看窗户上的雨滴：我开始觉得我失去了自己的灵魂。

叫到我了。但是全科医生想要一个第二诊疗意见，所以她让我回候诊室，等到她同事有空再说。现在没有空座位了，于是我靠墙站着。一个几周大的婴儿正在疼痛中哀嚎，而我的身体也回应以肿胀和涌出的奶水。我给丈夫发了短信，告诉他中午应该给婴儿吃什么，他现在应该已经回去继续工作了。我又从手提袋里摸索出那本书，然后犹疑了一下，一个我们称之为“鹅踩过坟头”[①]的瞬间。事情不该是这样的。第二诊疗意见。我本来以为，哦，就是个乳管阻塞罢了。热敷一下，或者用用梳子。我甚至都准备好了，我们现在就把它吸出来，用一点局部麻醉，只需要一分钟。我突然再也不想读这些东西了，母亲，孩子，丧失。我又给我丈夫发了短信。他回复我说，这里一切正常，后面还跟着一串 X。当然都没事。他是个出色的父亲。我们是平等的伙伴。但我还是担心。

别傻了，我对自己说，强迫自己的手停止颤抖，然后再次打开了书。

她的兄弟邀请她去多塞特郡的家里过复活节，带上孩子们，别带乔治。但她丈夫禁止她去。她不知道该怎么办。她决定一直等着，等到他去上班，然后偷偷溜走。但是他先下手了。有天早上她回到家，发现孩子们还有他们的保姆都不见了。

---

① goose walking over my grave，爱尔兰谚语，指身体突然不由自主地一阵战栗，通常用于描述一种不祥的预感。

她慌了，设法收买一个男仆，让他说出了实情，孩子们都被带去了上伯克利街的一家寄宿公寓，接下来的计划是把他们偷偷带去北方。她匆忙赶到那座公寓，恳求那里的仆人让她见见孩子，哪怕就一小时，就五分钟，就说一句她爱他们。但他们的主人做出了明确的指示和严厉的威胁，他们拒绝了。

> 我能听到他们的小脚丫在我头顶跑来跑去，而我坐在楼下抽泣，我们之间只隔着天花板，我却无法靠近他们！

她的大儿子刚得了一场猩红热，还在恢复；她不信她丈夫能照顾好他们的第二个孩子，他奚落他，不喜欢他；而最小的那个还是婴儿。她很绝望。但她什么也做不了。孩子们是乔治的财产，他可以随心所欲地处置他们，直到他们长到二十一岁的法定年龄。他把他们送去苏格兰他妹妹那里。他给最小的孩子改了名。当中间那个孩子需要被“纠正”的时候，他把他的衣服剥光，绑在床柱上，然后拿鞭子抽打他。某一天，她在伦敦见到了他们，只有短短几分钟。他们极度紧张，中间那个孩子瘦得像个骷髅。他们不明白她为什么抛弃他们。他们求她留下来。她的心因为承受所有无法解释的一切而疼痛不已。第二天，她丈夫发来消息：孩子们再也不会见到她了。

岁月流逝。

第二位全科医生皱着眉头，小心翼翼地说，虽然可能没什么事，但肯定有些不正常，她打算把我转到巴特斯的乳腺诊所。她在电脑上敲打了一番。几天后我会接到一个电话来帮我安排预约。

在大街上，我看完了那一章的最后几页。乔治给“我的凯瑞”写信说，男孩子们都长大了，如果在大街上遇到，她会认不出来的。他主动提出给她寄委托别人画的画像。他说，如果她回来，并向他屈服，她就能再次见到他们。他伪造了她的来信，其中一封给孩子们的信上说，他们的父亲希望他们死去，这样他就能少养几个孩子了。他说，如果她能雇用他指定的女帮手，她就能要回孩子。她答应了，但他立刻反悔。他说她可以在圣诞节见到他们。他写信说他们已经登上了邓迪号蒸汽船。就在他们本该抵达的第二天，他又告诉她，他们根本没出发。他说孩子们可以跟她一起过节假日。她在海边租了一栋房子，点上火，给房子通风。距离抵达的日子已经过去十天了，他们仍旧没有来。乔治又转而说，她可以在伦敦见他们。她抛下房子，回了伦敦。他又说他已经改变主意了。

她给他写信说，你已经把我们的生活变成了孤儿院。

我给我丈夫发短信，说我正在回去的路上。你和孩子们都好吗？一切都很好，他回复说，你呢？我手足无措，不知道该说什么。

斯皮塔菲尔德的福尔盖特街上有一栋著名的房子，我步行过去大概需要十五分钟（如果一只手推着婴儿车，另一只手拖着滑滑板的孩子，则需要二十分钟）。房子的主人是一个名叫丹尼斯·塞弗斯的男人，他把它弄得像个博物馆——既是博物馆，也是装置艺术。他希望当你穿过那些门的时候，会感觉自己正在穿越一幅画的表面。从地下室、一楼客厅到吸烟室和化妆室，房子的十个房间分别代表十个“咒语”，带你回到十八世纪初首次居住在那里的胡格诺派丝织工人家庭，然后穿越维多利亚时代，一路追随家族——和社会——的命运。瓷器、肖像、老铜钟的滴答声：感觉就在你踏进这栋房子的时候，它真正的居住者才刚刚离开。至少网站上是这么说的。参观时不能穿细高跟鞋，或者底部有明显纹路的鞋子；不言而喻，也不能带婴儿车或者闹腾的孩子。他们有夜间开放时间，被称为“寂静之夜”，手机要放在门口，平常开放时间则是周日和周一。我丈夫午餐时间从工作中离开，去附近的公园照看孩子，所以我能看看这栋房子。但不知为何，我看错了网站上的信息。今天是周三：房子大门紧闭。

他们跟我们不一样，吉尔顿学院的历史学家说。我们总觉得维多利亚时代的人跟我们大体上是一样的，也许更恪守成规，更多愁善感，但他们和我们根本不一样。想象一下，所有我们相信的东西，我们视为理所当然的东西，都被推翻了。这就是我们和他们的距离，比这个距离再远一些。

他们告诉你，来诊所要预留整整半天的时间。要做超声检查、乳房X光检查，要见放射科医生和主治医师；有粉色和白色的单子若干，要被送去不同楼层的不同诊台，装入不同的淡褐色文件夹。我在角落找了一个座位，当发现它旁边架子上的传单都带着诸如“癌症与怀孕”“为失去孩子做准备”这样的字眼时，我换了个座位。这个诊所也是肿瘤中心，从前来接受诊断到每周全面化疗等各个阶段的女人都有。有些女人坐在轮椅里，在类固醇的作用下变得臃肿不堪。一个跟我年龄相仿的女人坐在我旁边的椅子上，露出灿烂的笑容，正准备开启一场交谈。她穿着医院的病服，左手手背上插着管子。我看向别处，在一沓文件的空白处随意做着标记，直到我感觉她的决心，或者说她的团结之心，逐步消退。

在不同的候诊室里，我仔细阅读在线数字档案中卡洛琳的书信，她将个人的失去转化成了某种超出她自身的东西，某种英雄主义的、持久的、革命性的东西。即便在手机屏幕上，她的笔迹也显得优雅而清晰，大写字母“I”的弯折和“C”的弧线；当她写得匆忙时，就会漏掉字母“y”和“g”的凹点。

她梦见自己的丈夫快死了，两个老妇人在旁看护，不停呵斥她。她梦见一个还未出生的婴儿溺水了：我看到他漂走，没有人愿意理我，因为我是个疯子！自从我的孩子出生后，我也经常梦见失去他们。我梦见把女儿忘在了一个行李寄存处，那里有几百个色泽暗沉的储物柜，而我没有钥匙。我梦见刚下长途航班，我的手机响了：是我丈夫，他在几千英里之外问我到底去哪里了，而在背景音中，是婴儿在哭，正拼命找我，而要挽回我所做的一切已经为时过晚。我梦见自己正在死去，我很害怕，他们告诉我保持镇定，让我握住他们伸出的手，我照做了，感觉自己被从身体里抽离了出来。一刹那的解脱，然后是意识到我将再也无法拥抱我的孩子的痛苦。我乞求最后一次机会，然后被允许沉入自己酸痛而笨重的身体里，我把儿子放在膝盖上，紧紧拥抱着他，他光滑而温暖的背部曲线，我知道这才是唯一重要的事情，永远，永远，永远。

卡洛琳，没有了她的儿子们的卡洛琳——她的佩尼，她被遗弃的小鸡布林，她的小蝌蚪图图，她彻夜不眠，整夜整夜地醒着，凝视着黑暗，直到他们那棕色大眼睛的幻影浮现出来，就像我从工作中抬起头来发现孩子们正在看我时那样。

她会对他们感到恼火，因为她被打断了，魔咒被打破了。她写，一直写，目的是活下去。她靠第一本小说赚到了儿子出生所需的费用——医生的账单和护士的费用。她听从出版商的要求写了一本专为圣诞市场设计的小型年鉴：只有一英寸半宽，出售的时候附带一个微型放大镜。她试着写戏剧。她会用她的笔来写任何东西。她总是这样，总是不得不这样，不管有没有孩子。

她察觉到了愧疚，她拒绝感到愧疚，也拒绝羞耻。她写道，人们对出版女性作品有太多恐惧，人们认为女性最好把自己藏起来，不再多说什么。时过境迁了！她写道。她会说出她的真相，她将改变这个世界。

当我无法再专注于卡洛琳的书信时，我就看看推特，刷一刷，点一点，再刷一刷。在美国，难民的孩子们在边境上被带离自己的父母，在社交媒体上可以看到装着一排排婴儿提篮的小巴，用来把婴儿运送至“稚嫩儿童”庇护所。有摇摇晃晃的手持录像和匿名的证词。孩子们被从父母身边带走去洗澡，然后就再也不回来了。尚在哺乳期的孩子被拽离母亲的怀抱。抽泣的幼儿扯着父母的衣角。一个新闻主播在直播中崩溃了，无法继续读出电子提词器上的内容。美国总统在推特上发表激昂的言辞，以正人君子自居，或者假装勃然大怒。我想到了乔治·诺顿，多疑、任性、好斗，老牛拉破车似的愚钝，一个难以控制的孩子。他口沫横飞、拍手跺脚地从一项指控拉扯到另一项指控，以至于——试图调停的牧师写道——搞不懂他想要什么，或者他想要攻击谁。

内华达大学拉斯维加斯分校移民诊所的律师劳拉·巴雷拉在帕拉代斯发来推文：

> @律师[①]劳拉
>
> 二〇一八年六月二十八日，下午五点五十五分
>
> 我五岁的当事人无法告诉我她来自哪个国家。
>
> 我们为她准备案卷时，她用蜡笔
>
> 画出了那些等在她学校外面的帮派成员。
>
> 有时候她想画甜筒冰淇淋或者爱心图形。
>
> 她一个人参加驱逐程序的诉讼。

---

① 此处的律师原文为西班牙语 abogada。

我在网上不停阅读这些故事，无法移开视线。一个六岁的盲童和她不会说话的四岁弟弟，而他不会说话的部分原因是遭受了精神创伤。一位律师在 BBC 上说：“即使没有遭受过精神创伤的五岁儿童也不一定能说出他的地址、父母的样子，或者自己的姓氏。你怎么能指望一个孩子做到这一切呢？这不是孩子和他们的父母能够克服的事情。”

他们做了扫描，然后去一个黑暗的房间里做活检。结果会在七到十天后出来；接诊护士预约了正好两周之后的时间，让我到时候回来跟专家见面。回到家后，我测试我那四岁的儿子：你的全名是什么？我和爸爸的名字叫什么？我们的住址是哪里？大部分问题他能回答得八九不离十。

七月。英国在为美国总统来访做准备。七月十三日早晨，我在电视直播上看到抗议者们放飞了那个巨大的充气娃娃，让它飘浮在威斯敏斯特宫的上方，它有一张破口大骂的歪嘴，一双眼睛犹如尿在雪地上的洞[1]。我和儿子做了标语牌，用胶带把A4纸固定在竹棍上，打算去参加抗议游行。但最后一刻，我们——我——退缩了，因为那令人头晕脑涨的热浪，让人窒息的地铁，还有我丈夫在城市另一端被耽搁了。儿子松了一口气，因为他害怕偷小孩的人会把他抓走。他说，我会这样，然后龇牙咧嘴发出了黑猩猩一般的咆哮。我会这样，然后那个坏人就会逃走。然后他把头埋进我的怀里。我想永远跟你在一起，不管白天还是晚上。

好的，我说，好的。

后来，我在推特上看到了最好的标语牌。魔法保姆玛丽·包平撑着她那标志性的雨伞，身旁是一条彩虹色的标语：超级的无情的虚弱的种族主义的性别歧视的纳粹美国总统。我们将战胜仇恨。橙色是新纳粹。你这个大橙子一样的混蛋，因为你我错过了温布尔登网球公开赛。我们的标语牌只是简单地写着“哺乳期的婴儿应该和妈妈在一

① 2018年，时任美国总统唐纳德·特朗普访问英国期间，英国市民升起了一个仿效特朗普外形的充气讽刺作品，以抗议他的到访和他的种族观点、不端性行为历史以及各项政策。

起”，还有更简单的“不要把孩子关在笼子里”。

卡洛琳致墨尔本勋爵的信：我希望自己从来没有生过孩子——在他们生命的最初时刻痛苦纠结，为他们不确定的未来恐惧忧虑——现在一切都成空。

晚上，儿子睡觉后，我会重新摆放他的那些恐龙，让恐龙看上去像在用妹妹的积木搭建塔楼，或者在追赶他的双层巴士或者她的手推车。我想起了曾经居住在我的娃娃屋里的精灵，她们偶尔会留下小小的信件，那些写着细微字迹、比邮票还小的卡片，还有一包包的帕尔马紫罗兰[①]。但那个时候，我和妹妹更大一些，而儿子不会记得这一切。你还记得妹妹出生前的事吗？我问他，他想了想，然后说，不记得了！他又想了想，说，我在克罗地亚弄伤了膝盖。这是真的，他的确受伤了，从一堵矮墙上摔了下来，擦伤很严重，看到血的震惊让他嚎叫了整整一个小时。

在对的时刻，卡洛琳相信仍有希望。她写道，就让他们任意摆布孩子们吧，我会在两个小时内把他们十年的努

① 英国出产的一种紫罗兰口味的片状糖果。

力一笔勾销。我有一种超越野蛮的力量，能让他们重新振作起来，重新回到他们原来的轨道。但是，大多数时候，她只感到绝望的倦怠。任何未来都无法抹掉过去，也不能将其更新。如果在街上遇到，孩子们是不会认出她的，她也认不出他们。最小的孩子已经不再是昔日那个白皙肥胖的婴儿：那些月，那些年，那些宝贵的日子，都永远失去了。

一想到一个孩子会不记得自己的母亲，就感觉无法忍受。

有一位精神分析学家说，如果准妈妈怀的是女孩，那么在孕期的某个时刻，整整五代人会熔接在一起。这个时刻出现在孕二十周左右，这时，那个未出生的孩子小小的、嫩芽般的卵巢会制造出数百个小小的卵子，这将是她未来的孩子，或者说是这些孩子的可能性。在那个时刻，这个尚未出生的孩子已经是位母亲了，而准妈妈已经成了祖母，就好像她自己也曾是她那尚未诞生的母亲身体里的一种可能性，被她未来的祖母携带着。我喜欢这种埃舍尔阶梯，喜欢那种依偎在一起的俄罗斯套娃般的感觉。在一阵令人眩晕的仓促中，那些我可能永远不会见到的潜在的孙辈，与只见过我一面的祖母结合在一起，几个世纪坍塌了。

但是，精神分析学家使用这个形象是为了解释痛苦是如何代代相传的；我们如何困在我们父母以及他们父母的行为模式中，除非找到逃离的办法，否则我们注定要重复那些破坏性的模式。正如《圣经》庄严宣告的那样，这些罪孽会降临至第三代甚至第四代。失去母亲的痛苦可能会一直释放至孙辈的孩子们的灵魂中。

得克萨斯州最大的非营利性移民法律服务机构 RAICES[①] 的律师估计，每一百人当中，至少有四分之一的儿童将永远、永远无法再与父母团聚。

我买了这位精神分析学家的书，因为有人在推特上引用他的观点，说美国总统所做的正是他需要做的工作，即迫使我们的一些集体无意识问题进入我们的意识。他告诉我们不要着眼于他，要着眼于我们自己。我不知道自己是

① “难民、移民教育和法律服务中心”（Refugee and Immigrant Center for Education and Legal Services）的缩写，该机构为难民和移民提供免费或是收费很低的法律服务。

如何看待这一点的。我们看到的人是我们应该看到的，或者是我们需要的——这样的观点似乎能帮一个人开脱罪名；或者，反过来说，似乎能暗示他们的成就也并非那么伟大。我想到了卡洛琳，还有劳拉律师。夜里，孩子们在我的梦中翻腾。我在满头大汗中醒来。我甚至没办法去参加一个该死的游行。婴儿在我旁边的小床上呜咽。我坐了好几个小时，坐了好几年，直到我的呼吸平静下来。

她单枪匹马地改变了法律，但对她来说，为时已晚。十岁和八岁的大孩子已经超出了法律的管辖范围；而最小的那个，只要他父亲还把他留在苏格兰，也不在司法管辖权的范围之内。九月的一个星期一，年仅九岁的小威利·诺顿从马背上摔下来，摔断了手臂，然后死于口噤，也就是破伤风。当时三个男孩独自待在叔叔家，无人看管，唯一的仆人是看门人的妻子，一个驼背的老妇人，只负责开门和锁门。威利设法去了最近的邻居那里，查普尔索府邸，然后他瘫倒在地，被送到了床上。当卡洛琳获悉他不好了的时候，他已经死了。她得知他死的时候是清醒的，一直哀求着要找她，一遍又一遍。

医生告诉卡洛琳，小威利以他这个年龄少见的勇气承受了痛苦的痉挛，好像这样说能给人安慰。

我累了，想让思绪放空。此刻，还有这一刻，还有这一刻。此时，此地。婴儿绸缎般的头发和牛奶般的气息。当她在夜里醒来想要喝奶的时候，她会说：啊——嘟。在网上，一位母亲六个月大的孩子拒绝吃某一侧的乳头，她被提醒要注意乳腺癌的风险；在网上，另一位仍在哺乳双胞胎的母亲在确诊十天后死去。

现在是活检结果出来的前一天晚上。在某个地方，一个无窗的房间里，细胞组织被刮擦并涂抹到载玻片上，被染色，被放大，被研究，然后被宣判。我已经读完了传记和信件，现在我在读诗，直到对某些段落烂熟于心。

如果催眠般起伏的海洋能够揭示
她金色沙滩上的一切
如果月光下的海浪凯旋升起
在回荡的岸边溅起的水花：

如果露珠能够述说，有多少眼泪
与大自然流下的宝石般的水滴彼此混合
如果夜晚能够说出，有多少眼睛
凝视着她的暗影，而造物却在沉睡！

手机上的蓝光让我头疼。黑夜渐渐变成黎明。

又是医院，楼梯，候诊室；窗边的椅子，墙上的传单架。戴着吉卜赛式头巾的妇女，或者挂着静脉点滴的妇女；偶尔有独自的男人。还有一个年轻的女人和她沉默的母亲坐在一起。我的名字被叫到了。所有你认为理所当然的东西都可能被推翻。

突然，都结束了。它有个名字，并不完全常见，但它是良性的。他们说，你可以走了。断奶六个月后再来，或者最多一年，保险起见我们会再为你复查一次。他们换了表格上的选项，以防登记员找不到需要勾选的方框，然后她打了钩，一切就这么结束了，把那张薄薄的白纸交给一楼的接待员，然后离开那里，进入无情、美丽、令人窒息的热浪中去。我向这一天保证，我会让自己的生命变得重要。我会发出自己的声音。我将为正确的事而抗争。这些誓言在我心中翻涌。我将减少使用社交网络的时间。我不会再把丈夫视为理所当然。我再也不会对我的孩子们发脾气。我的孩子们。我会教导他们，让他们明白改变现状也是他们的职责。我将努力成为一个好的榜样。我会的。我会的。

回到 1863 年，那一年，卡洛琳完成了一部小说，在这部小说里，她的女主人公拒绝向羞辱妥协。贝阿特丽丝·布鲁克被富有的、欺人成性的蒙太古·泰合恩勾引又抛弃，她独自待在威尔士，私生子也死了。但贝阿特丽丝重建了自己的生活：她出售自己的画作和手工蕾丝，搬回了伦敦，成了一位艺术家的模特。跟所有成规和社会教条相违背的是，《失落与拯救》有一个快乐的结局：贝阿特丽丝结婚了，又生了一个孩子。这一次，评论比较两极。有些人称之为“真正的天才之作”，是她迄今为止最好的作品；但另一些人则对一个堕落的女人能够得到如此的救赎而感到不快。卡洛琳在《泰晤士报》的书信版上为她的女主人公辩护，并开始创作下一部小说，也就是她的最后一部小说，当然，她还不知道这将是她的遗作。她的二儿子变得越来越暴力，跟我的青春期形成了可怕的呼应，他疯狂而反复无常的情绪变得黑暗。他陷入非理智的狂暴，把一些不属于她的过错迁怒于她，以至于她不敢见他，只能躲在房间里。他把她推来推去，让她离开自己的视线，并用污秽的言语谩骂她。他打她，还打自己的妻子。

我们继续前行，我们忍耐，然后继续前行。曾经的战斗，相同的战斗再一次发生，并且永无休止地变幻着新的形式。七月二十四日，人们宣布充气娃娃将前往悉尼，参加即将到来的美国总统的访问。七月二十四日，RAICES向追随者呼吁：

> 请记住：
> 孩子们仍被关在笼子里。
> 父母们仍然不知道他们的孩子在哪里。
> 有些人在非法的胁迫之下离开了这个国家
> 媒体没有过多关注
> 但这个问题并没有消失。
> 请不要松懈。

月亮夫人

谢谢你，她说。明天两点四十分，八楼，九号电梯。在她重复完之前，电话就挂断了。她站在小厨房里。脚下，地面上的黄色油毡板翘了起来。她用脚趾按住几乎完全松动的一块，把它踩回原处。突然，楼下的女人大叫起来。刚搬进来的时候，她给邻居们送了自制的咖喱角，他们都带着夸张的喜悦接受了。但从那时候起，楼下的女人已经投诉了他们不下十几次：并不存在的聚会，想象出来的争吵。房东说他都知道，这种事以前也发生过，但无论如何还是得控制一下噪音。现在，当她再给他们送食物时，他们会客气地说谢谢，然后直接把食物扔进垃圾桶，尽管这样做多少有些不吉利。他们两人总是互相说，一有机会我们就搬走。午夜时分她的锅碗瓢盆发出的声响；堆积在栅栏旁的腐烂纸板；还有泣不成声的争吵，隔着墙对着看不见的人。

嚎叫渐渐变成嘟囔，然后停了下来。

明天，两点四十分。八楼，九号电梯。

冰箱上面有两种金酒和一种日本威士忌，一瓶落满灰尘的安格斯图拉苦味酒。还有一瓶很有年头的樱桃白兰地，做菜的时候用过一次，还有一瓶未开封的爱尔兰奶油百利甜。她还在上学的时候，他们常常用烈酒杯喝：百利甜搭配珊布卡[①]，叫“滑溜奶头”。“尖叫高潮”里有杏仁酒和可可利口酒。在“沃尔西”或“蹦蹦蹦”，喝这些酒是老成的最高境界。她打了个寒颤。她不知道这瓶酒是从哪里来的。她拿起威士忌，又放了回去。她可以给阿卓发短信：*回家路上带瓶白葡萄酒好吗？*但他立刻就会明白的，她不想通过这种方式告诉他。

那些漫长的傍晚，在高远而苍白的光线中，他们习惯坐在屋顶露台上——严格来说那并不是一个露台，而是下面那栋建筑的屋顶，那是一对兄妹的公寓楼，屋顶上铺

① 一种意大利茴香味力娇酒。

了沥青。有一盆凌乱的茉莉，是前任租客留下来的，后来她又买了一些栽在塑料盆里的草本植物：欧芹、莳萝、迷迭香和鼠尾草。城市吐出白日的阴沉热量。楼下停着一辆车，里面传出轰隆隆的音乐声和大麻的臭味，他们看着飞机在不知不觉变暗的天空中缓缓飞行，留下银色的轨迹。

他们下载了一个追踪航班的应用程序，一开始只是闹着玩，但它奇怪地令人上瘾了：把手机对准天上的飞机，然后等待信息返回时的振动和嘟嘟声。这些飞机通常都很普通：从苏黎世或法兰克福或都柏林或阿伯丁出发，几乎都是前往希思罗机场的，但偶尔也能捕捉到一架澳洲航空公司的航班，或者一架从路易斯维尔国际机场飞往科隆波恩机场的 UPS 货机，或者一架所有飞行信息都不可见的私人喷气式飞机。

阿卓下班晚了，他找到她时，她正在露台上。

嗨，他说，爬出窗户跳到她身旁，坐在另外一张快要散架的曲木座椅上，这些椅子是他们从一个校工手里拯救出来的。

嗨，她说，弯下腰把水瓶里的最后几口水倒进植物里，这样他就不用立刻看见她的脸。

哦天啊，他说，然后又说，哦，天啊。

他们一起走去考斯特卡特便利店；买了一瓶霞多丽，营销过度，标价过高。

他说，我们可以接着去奥德槟[1]，买点更好的酒？

现在不是庆祝的时候，她说。语气比她预想的要严厉。

回到家后他做晚饭，有点难为情似的，因为他很饿，她却一点胃口都没有。她坐在凳子上看着他，袖子卷到二头肌，像个厨师一样切菜，左手护着刀刃，在喝第二杯酒的时候她突然停下来，免得哭出来，然后她终于哭了起来。

那天夜里她梦见一栋房子，一栋位于海边的宽大木板房，三面环绕着白色围廊，柱廊上爬满蔷薇。她迈上台阶，从侧面绕过去，刚好看到一位衣着华丽的女士带着一个小女孩离开。在梦里，那位女士转过身来看着她，小女孩却没有回头；在梦里，她甚至没有要她们留下来。醒来

① Oddbins，英国葡萄酒连锁店。

时她浑身发抖，当他试着安抚她时，她狠狠地把他推开。

他们在午饭时碰头，离约定时间还有一个小时，他们在医院旁边的路上漫无目的地游荡。低矮的公寓楼旁边有一块块破败的公共草坪，碎玻璃，狗屎，还有被遗忘的玫瑰丛，偶尔还能看见注射器。他们靠在一堵矮砖墙上休息，阿卓伸手去拉她的手。

我在谷歌上搜索了一下，他说。可能什么都没有，也可能是——着床。

这个词在他的口中很柔软，充满歉意。

有可能，她说。只是我不这么认为。

嗯，他说。

全科医生也不这么认为。我的意思是说，这就是为什么她——

是的，他说。是的。

只在电话上，甚至都没有面诊。

是的，他又说。过了一会儿，他说，我们是站在同一边的。

我知道，我很抱歉。我知道。

我爱你，他说。我们还有彼此。

我们还有彼此，她重复道。这是真的，他们拥有彼此。直到两周前，他们的生活，他们那可笑的、局促的小公寓，他们那夜里的露台，还显得绰绰有余，显得比他们应得的还要多。

两点四十，八楼（九号电梯）。一排排一体成型的椅子用螺栓固定在地板上。窗户正对着城里，几十台起重机在工地上起伏着，如同不安的祝福。一段记忆：小学七年级的时候去爱丁堡旅行，还有那个暗盒，带着巧妙的镜子和一张小小的卡片，你可以看到远处的小甲壳虫汽车，看着它在你的卡片上爬动，然后又猛地跌落下来。人也是一样：你把他们像蚂蚁一样抓起来，假装一口气吹走，然后看着他们继续无动于衷地疾行。她想讲给阿卓听，但忍住了。这里没有任何隐私。即便你努力不去听，也还是能不经意听到。我们私底下做了扫描，他们找不到心跳，他们让我直接过来。求求了，你一定得现在见我。两点五十，三点。一对夫妇从侧间走出来，面如死灰。男人不知道怎么打开正门，不知道该按哪个按钮，该往哪边推或者拉，而女人只是站在那里，慢慢地调整她的头巾。

三点五分，三点十分，三点十五。时间的移动不太对劲。他们已经在这里待了几个小时，甚至一辈子了。终于，她的名字被叫到了。当她站起身的时候，整个房间的人都看着她，然后又心照不宣地假装没有看。

那些轻快的、实事求是的、不卑不亢的问题。病史，日期。有没有再出血?

一点点。

鲜红色的吗?

更像是……铁锈色。

那好，我们来检查一下。

然后是亲密的、不带感情的侵犯。

你情况不错，护士说，然后她机械地回答说，谢谢，好像那是一种赞美。

阿卓坐在旁边，握着她的手，他的手湿漉漉的，也可能是她的手湿漉漉的。屏幕几乎完全转向另一边，医师用左手敲打着，明亮的水晶指甲。这令人难以忍受。眼泪，还有该死的自怜，在她眼中打转。医师调整了一下探测器，屏幕在跳动、闪烁。

好了，她终于说道。

在网上，似乎每个人都能流利地使用这种新语言，一个由子宫内膜厚度、β 血液测试、人绒毛膜促性腺激素、国际单位以及胎芽组成的词库。句子由一连串缩略语组成：PG、MC、LH surge、DPO，HPT，OPK①。克罗米芬、二甲双胍，剂量、日期。请求帮助：拜托了，我需要你的成功案例，拜托了！

他们离开的时候，护士曾说：可能比你认为的要早，也可能是没有成活的标志。我们再等一周，到时再验一次血。

她还说了什么？我不得不说，这些数字看起来不太乐观。

在网上，有位女士的数值很低，缓慢地翻着倍，现在她怀了一对双胞胎，已经十二周了。还有一位女士，在刮宫前做了一次常规超声检查，然后医师发现了胎心。这

① 分别指怀孕（pregnancy）、月经周期（Menstrual Cycle）、黄体生成素峰（LH surge）、排卵之后的天数（days past ovulation）、家庭怀孕自测（home pregnancy test）和排卵试剂盒（ovulation predictor kit）。

些故事不间断地交织在一起，偶尔会有来自贴主的情况更新，或者有其他人发问，想要知道接下来的情况。

她仔细检查报告单上的数字，反复阅读，看看是否遗漏了什么。

孕囊：存在。

子宫内膜厚度：25.0 毫米。

β 人绒毛膜促性腺激素：141 IU/l，需要连续测量人绒毛膜促性腺激素以确定趋势。

谷歌为她翻译了这些东西中的每一项。在谷歌上，每一项内容都发射出绝望，但也是希望之门。

她等待着第一个血块绽放时缓慢的热量。但两天过去了，然后是三天，什么都没发生。周末他们沿着运河散步，来到了一个园艺用品商店。一块彩绘板上写着“咖啡、茶、冷饮！”，但是里面的老式比亚乔咖啡车已经停用了。他们在铺满碎石的小路上徘徊，看装在麻袋里的苹果树，还有被剪成球状的月桂。她一时冲动买了一种南非万寿菊，也叫摩洛哥雏菊“月光之舞”，因为这个名字让她想起了范·莫里森的一首歌；她还买了一种叫做龙面花的植物，闻起来有香草的气息；一种艳粉色的波斯菊，叫做卡萨诺瓦紫罗兰。回到公寓后，她把它们排在露台边，发现需要更合适的花盆和肥料来挪栽它们。还有一个喷水壶。她还应该给茉莉花杆做一个棚架：找一些竹竿来，把它们绑成格子的形状。园艺绳，或者麻绳。他们像往常那样整夜坐在外面。一架巴基斯坦国际航空的飞机，已经在飞往卡拉奇的旅程中飞行了十二分十二秒。高度六〇七五英尺，速度三二四节。一架都柏林的航班正降落在伦敦城，在进场航道上向右飞往滨海绍森德，目前高度一八四一英尺，地面速度八十八节，剩余飞行时间一分钟。

她凝视着他的手机，说，他们可以计算出最精确的英尺数。而且，我的意思是说，这还不算什么：你知道他们能计算出地球上的任何一点到月球的最精确距离吗？精确到英寸。他们都抬头看了看正在升起的月亮，它在空中发出苍白的光。

最精确的距离，她又重复道。

她记得祖母唱过一首歌，即使在失去谈话能力后，她仍旧在唱这首歌。月亮夫人，月亮夫人，她去了，飘在那么高的地方，从高高的天空照到宝宝身上。小宝贝啊，小宝贝啊，从远远的下面，我听到你的呼唤，我听到你的呼唤，我听到你的呼唤。而我却无法前往。

这不是计划中的。他们还远远没有准备好。他们一再提醒自己。这是他们最不关心的事。他们一遍又一遍提醒自己这一点。他们住在从另一个更大的公寓中草草分隔出来的公寓里；隔断墙在奇怪的地方把窗户一分为二，楼梯过于陡峭，踏板都是悬空的；散热器被挡在冰箱后面，露台只是一个几米长的沥青板屋顶。阿卓刚刚完成了艰巨的七年制学业，而她仍是个自由职业者；他们几乎很难在大笔债务下付出房租。他们想订婚，想结婚，想去旅行：也许去印度，也许去泰国。他们的租房协议明确规定：禁止婴儿，就写在“禁止宠物”的条款下面。然而，当他们看到那条起初很模糊，然后渐渐变深的粉色线时，令人意外的是，他们感到喜悦。当然了，还有恐惧，还有难以置信，但是没错：是喜悦。她感觉她的灵魂——她实实在在、无可争议的灵魂，一些以前她从未真正考虑过的东西——不断膨胀，直到她觉得自己太渺小了，无法容纳这一切。

星期一，然后是星期二。在她内心深处，无限小的数字正在极力地以它们复杂、神秘的方式翻倍，或者缩小。明天他们就会知道。在网上，人们谈论着MC之后的TTC[①]。他们常说要等待，但现在他们说，事实上，并不需要等，大自然会做出补偿，你的身体会变得更具繁殖能力。只消一个月，只消几周，你就能再次得到你的BFP[②]。她在一阵阵自我厌恶的浪潮中刷完了留言板。这让她感觉心烦意乱：这些女人的饥饿感，她们是如何在私密细节的残骸中拣选些许希望的，以及想到自己有一天也可能成为她们当中的一员。还有人们在网上说的其他事情。他们说，即便一个灵魂只在这个星球上闪烁了一个星期、几天，它还是选择了你作为它的母亲。他们说，食物应该清淡，不油腻，切忌辛辣或者变质。对海底轮造成的损伤

① trying to conceive的缩写，意为“试着怀孕”。

② big fat positive的缩写，意为“大大的阳性”。

可能会引发生育问题，还可能引发一个更具存在意义的问题，即它会让你无论到了哪里都找不到家的感觉。他们说，吸引力法则会让现实与我们感知中的样子保持一致，因此，本质上而言，渴望，热诚的渴望，必然把你带往一个你的欲求之物阙然的世界，否则你怎么会继续感觉渴望甚至愈发渴望呢？他们说，一切都事出有因，因为如果我们只能通过痛苦来学习，这将是一个多么残酷的世界；如果教训只能伤透我们的心，那它们将变得多么让人困惑。

头一天晚上，她给妈妈打了电话，妈妈开了免提，好让爸爸也能加入到对话中来，但关于那件事，她找不到话说。在有事情可讲之前，她能说什么呢？她转而唠叨起了运河上系着仙女灯的彩绘游艇，那个园艺商店，还有她买的粉白相间的雏菊，她已经忘了它们叫什么了，如同计划中那样，这让她那个热衷园艺的父亲很高兴。虽然如此，妈妈还是说，你听起来有点没精神，她只回答说，哦，天气原因，我有点不舒服。她父母已经结婚三十二年了，有三个孩子。在她这个年龄，她母亲已经生下了她，并且怀上了她妹妹；那时他们刚买下一个更大的“家庭”之家。

她知道他们很担心她在伦敦的生活：不是持刀伤人，不是毒品，不是东西的价格，而是在那个城市里你为自己腾出任何一点空间、扎下任何一点根基，都是多么不容易。但伦敦是阿卓的城市，他永远都不会离开。现在，她属于他所在的地方。虽然时间才过去不到两周，虽然它——无论它是什么，或不是什么——充其量不过是一颗向日葵的种子、一粒米，但他们仍在深夜紧紧相拥，久久地谈论着男孩或女孩，头发的颜色、眼睛的颜色、皮肤的颜色。

现在，他们可以告诉对方，生活会按照既定的速度继续：工作，一间更好的公寓，两人的婚礼。他们拥有这些全新的、突如其来的自我还不到两周的时间。这明亮的、令人难以置信的未来。

所有人都刻薄又邪恶

你表姐去世两周后，你坐夜班飞机从多伦多回伦敦。你女儿累过了头，焦躁不安，她二十一个月大了，对那个飞机座椅来说她太小了，但坐在你腿上又太大了。你的手机没电了。没了动画片，当飞机滑行复等待，等待复滑行，朝跑道和起飞点挪动的时候，你能逗她玩的东西只剩下临行前你姨妈送给她的那本书，来自姨妈的教会，讲的是诺亚方舟的故事，专为学龄前儿童绘制，是教会自筹资金出版的系列丛书的第一本。

书里说，所有人都刻薄又邪恶。除了诺亚。诺亚是好人，因为他是好人，所以上帝救了他。

你讨厌这本书。

我们现在看看动物好吗？你问。但你女儿说，不要。她喜欢动物，但她更喜欢眼前这几页。在一整张跨页中，刻薄又邪恶的人们正做着刻薄又邪恶的事情：他们互相扯着头发哈哈大笑，拿弹弓和投石器瞄准对方，嘟嘴挤脸，皱着眉，吐着口水，跺着脚。你挨个指着他们，一一说出他们的劣行。你女儿做出夸张的鬼脸，开心地笑了。

好了，我们来看动物，你坚定地说，翻开下一页，但是你女儿把头往后甩去，号啕大哭。

对不起，你对坐在旁边的男人说——这个男人真不幸，这趟航班剩下的七小时三十六分钟，他都得坐在你们旁边。唯一的、微乎其微的安慰，就是要比来程少花整整半小时。

没关系，他说，然后他又开口说，他能理解，因为他也有孩子，两个儿子。这毫无必要，因为他已经对你很友善了，他帮你把旅行袋放进头顶的行李架，又从你脚边塞得乱七八糟的手提袋里取出学饮杯、玩具兔子、哄孩子的白巧克力豆，最后还有那本书，甚至还站起来请空姐去配餐室帮你冲洗了奶瓶——但你女儿的哭声越来越大。你抱歉地冲他做了一个痛苦的表情，他回以微笑，然后体谅地移开视线，好像根本没什么可看的。

好了，你对女儿说，她满脸通红地哭号着，好了，别哭了，玛蒂尔达，嘘……你遏制住猛晃她或者自己也大哭一场的的冲动，转过身，深吸一口气，又开始读起来：所有人都刻薄又邪恶。

书里有一页是你喜欢的：蓝色的一页，只有蓝色，只在最右上角有一个小小的方舟。

没有文字，什么都没有，只有突如其来的令人眩晕的视角；所有落下来的雨的重量。你想，这是整个故事中唯一可信的画面。

整个起飞过程中你女儿都扭动着大哭，但当飞机飞到平流层、安全带指示灯熄灭、客舱服务开始的时候，她终于在你胸前睡着了，你抱着她，沉重而温暖，软塌塌的，四肢摊开。当她的呼吸震颤，逐渐变得绵长时，你也闭上了眼睛。还剩七小时零三分钟。只有三千英里多一点。你飞越的好像不只时间和距离。离开伦敦像是上辈子的事。这将是你和丈夫分开时间最长的一次，也是迄今为止他见不到蒂丽[1]最久的一次。

蒂丽出生后，你跟他去过两次拍摄活动：一次去都柏林，另一次去开普敦。但情况跟你们两个人想的都不一样，肯定称不上度假：设法在不熟悉的环境里安抚一个婴儿，一个人没完没了地闲逛，又或者躺在旅馆房间中努力入睡，暗自等着他回来。每次都有一个司机供你差遣，但要开去哪里呢？到了那里又能干什么？到了最后，你感觉比独自和蒂丽待在家更孤单，这样的两次旅行之后，你就再也不去了。

你想起了最初的一些分离，你，或者通常是他离开的时候；想起了在火车站或者下出租车时的那些重逢，那时你感觉多么奇怪又心生怯意，想知道他会不会和你记忆中的样子有所不同，或闻起来味道不对，有好多次，一开始，你几乎不敢直视他的眼睛。看在蒂丽的分上，你曾试着每天通话：开普敦比多伦多早六个小时，所以你每天晚上在蒂丽上床的时候打 FaceTime，他那里正是午夜，但他必定都醒着，不是跟工作人员一起喝酒，就是试图在已

① 玛蒂尔达的昵称。

然排满日程并且险象环生的拍摄期间解决更多问题。

你尽量不把这次过长的分离当成一次分离；或者一次测试。

你妻子需要什么吗？空姐的声音传来，你睁开眼睛。

哦，你说，我们不是夫妻——他刚好也开口说，哦，我们不是——然后他咧嘴笑了。

我想，他说，她也需要来杯金汤力？你笑了，说，好的，谢谢你，听起来不错。空姐铲起一勺冰块，放入柠檬，打开那个小绿罐，用熟练、老到的动作掀起罐子的拉环。他从空姐手里接过来，放到自己旁边的小桌板上。

谢谢你，你再次说，然后转移女儿的重心，腾出一只手，从他那里接过杯子。

干杯，他说，他的鼻音让这个词听起来像有两个音节[①]，跟你有些像，你也回以差不多两个音节的“干杯”，你们碰了一下杯，抿了一小口。

敬所有睡着的孩子，他说。你说，我真的很抱歉。他说，有一次，我一个人带双胞胎坐飞机，那时他们刚满三

---

① 原文为 Cheers，这个词只有一个音节。

岁，从温哥华到悉尼，在洛杉矶转机，哦老天爷啊。

一个人带双胞胎，你说。他接着道，是的，我妻子不在，保姆生病了，那就像一场糟糕的闹剧，我不希望任何人经历那样的旅行，他沉默了一会儿，说，就在我们到达前一个小时，我姐姐去世了。然后他说，对不起。

我表姐刚去世，你说，我很多年没见她了，但有段时间，她就像我的亲姐姐一样。

我很遗憾，他说，我也很遗憾，你同时说道，因为一个很多年没说过话的表姐跟亲姐姐肯定不一样，虽然悲伤没有真正的衡量标准，但丧失一定有轻重之分。

你们再次碰杯，然后抿口酒，这次带着几分黯然，最后终于停止了眼神交流，各自看向别处，有那么一会儿，你们都没再说话，直到他说，那是二十年前的事了，你没作声，说什么好呢？

赤日炎炎，蓝天高远，穿T恤的天气，树叶刚刚发芽，一个没心没肺的完美日子。凉爽而静谧的墓地教堂，对多伦多来说算得上古老，由约翰·G.霍华德设计，修建于一八四二年，你读道。白砖和乔治敦风格的石材，内嵌式柳叶窗和陡峭的斜屋顶，加拿大哥特复兴式建筑的典范。在小小的门厅里，你的手机里响起了《嗨！道奇》细声细气的蓝草音乐——松鼠们一次次来到俱乐部为嬉皮兔烤胡萝卜蛋糕，爱激动的小河马罗利、被一对大象收养的鳄鱼海皮、在老爸的橙色小潜水艇里滚来滚去的章鱼贝蒂，还有老鼠诺丽和犀牛塔格，都高高跳起来扑到道奇怀中，这让蒂丽高兴极了。而在教堂中殿，牧师领唱圣歌，前来哀悼的人们跟唱，站立，坐下，吟唱着，哀泣着，你的表姐已不在人世。

我们终将化作灰烬与尘土，你想，但对她而言这已是现实：在你们拉到一起的睡袋里，她用温暖而结实的身体紧紧贴着你，向你倾诉她和一个男孩接吻的事；她穿着红绲边的蓝色短裤，黝黑的长腿一步跨过两三级台阶；她给你们俩文身，那时你十二岁、她十四岁，用她圆规的尖头和你黄色派克钢笔中的一囊墨水文在胯骨下面，这样母亲们就看不见了。一直到今天，那里仍留着一团蓝色的痕迹。

你想着所有这一切，想它们怎么可能就这么全部消失；而消失如何让这一切，所有这一切，感觉不再真实，人们不再了解彼此，不再真正相爱，婚姻是失败还是有可能维持变得不再重要；而这一切怎么可能不重要呢？

餐车来到你身边。你没办法在熟睡的女儿上面打开小桌板，于是他把你的餐点也放到自己那边，两个小托盘并排在一起。

要不要我帮你切开？他问。他帮你撕开面包卷，抹上黄油，叉起鸡块，就像你会为蒂丽做的那样。你尴尬地笑了。

你只吃了几口，就觉得这一切实在太过头——这个陌生人在喂你吃饭，这诡异的亲密感。

我没事，你说，其实我不怎么饿。这是实话，你已经有段日子不觉得饿了，不仅仅因为时差，或者表姐去世带来的最初的惊愕，而是有几周的时间了，甚至可能几个月。你知道你在变得消瘦，你把这些抛到一边，将其归咎于追着一个学步的孩子跑，你已经努力强迫自己进食了，为了你自己，同样也是为了她。但你体内的空洞感、你腹腔神经的疼痛，让所有饥饿都消失不见，你感觉马上就要轻飘飘地脱离这个世界，这种感觉是模糊的、虚幻的，好像你可以一直这样飘浮下去；好像你不是真的存在，或者不需要存在。有时，你想，你女儿是唯一一个让你感觉真实的人，因为她刻不容缓的需求是如此紧迫，如此无可争议。

你是做什么工作的，他问，好像正在猜你的心思，全职妈妈？你说，不，我是建筑师，然后又补充道，至少曾经是，因为实际上，除了没完没了地推着婴儿车在大街上晃荡拍照，你眼下还有什么事打发日子？你甚至不用单反相机，只用手机拍下一整屏一整屏的石材细部和釉面砖外立面，幽影广告[①]和木纹混凝土，宽大的安妮女王风格框格窗，或者用来固定百叶窗的小小胡格诺半身像，甚至没有任何理由，甚至不再费事把它们上传到笔记本电脑。

你说，从十一月开始，蒂丽满两岁的时候，托儿所会有个名额：一开始每周三个上午，等她习惯了再加上下午的时间。你丈夫说你应该承接一些私人住宅的业务。给邻居们发发传单，阁楼改建或扩建，一些能让你忙起来的事，让你重新拾起工作。最近，他又开始说，你可以成立自己的事务所，好像他仍对建筑一窍不通，哪怕你们都结

① 原文为 ghost sign，指久远的手绘广告标志，因为在建筑物上保存时间过长而变得残缺褪色。

婚这么多年了。但另一方面，他也有几分道理：你还能靠什么打发日子呢？

他点了点头，听着你说，你发现自己继续说了下去。

再生一个孩子当然顺理成章，作为独生女，你极其渴望蒂丽能有一个弟弟或妹妹。但是，每次你们讨论起来，关于孩子，关于工作，关于接下来的事，你都深感疲惫。一种渗入你骨髓的疲惫，或者说来自你的骨髓。劳筋苦骨：曾经，当一个词或一个短语实现了完美契合，其中的数学逻辑会令你感到一种愉悦；但现在，生命中第一次，你只感觉自己老了。

你突然停下来，以为他会笑，但他没有笑。

我五十六岁了，他说，心情不好的时候四舍五入相当于六十岁，我离婚两年了，儿子们差不多二十四岁。

你意识到你一直在试着猜出他的年龄。

五十六，你说，不是故意要说出声，他抬了抬手，表情突然有点尴尬。

我不是，他说，我知道我不是，但在很多方面，我觉得自己仍是二十四岁。

我明白你的意思，你说。我觉得，或者我认为，自己跟那时没有任何不同。

我想，他说，我们从来没有感觉不同过。

你觉得人不会改变，你说，或者不能真正改变？

我觉得人会改变，他说，当然，只是在本质上更像他们自己。

你不确定这种想法给人的是安慰还是深刻的悲伤。

你说，如果我们永远不能真正重新开始，或者变成另一个人或更好的人，我不知道，那希望何在呢？

他耸耸肩，笑了。我想，我们拥有的就是每一刻，他说，每一个时刻，此时此刻。

是我们拥有的，还是我们只拥有那些？

可能两者都是。

上大学时，你身边一个女孩嫁给了一个比她大二十五岁的男人，严格来说比她大一倍多：她二十四，他四十九。在此之前，她跟大学的一个男孩订过婚；他是蓝色荣誉获得者①，两人称得上金童玉女。所有人都无法理

① 在某些大学，运动员在最高水平的比赛中胜出会获得蓝色荣誉。最早始于牛津大学和剑桥大学，后来也流传至英国、澳大利亚、加拿大的一些大学。

解。你跟她不是很熟，但有一次，不晓得为什么，你们一起喝醉了，她开始大哭，说这个世界上最孤独的事就是跟一个人躺在床上，却渴望拥抱你的是另一个人的手。

他们几乎立刻生了一个女儿，比你任何一个大学同学生孩子都要早得多，那孩子现在肯定已经十几岁了。那个醉酒的夜晚之后，你们又联系了一阵子，婴儿出生时，你从一个小孩衣服跟大人一样贵的地方买了一件礼物，一条荷叶边的小围兜，收银员像表演似的，用颜色极淡的柠檬图案包装纸把它包起来。

你只去过他们家一次，因为你在那里感觉很不自在。他们家里有一个个插着芍药的花瓶，酷彩平底锅，磁力刀架上吸着一排精致的刻了字母的刀具，不同型号的葡萄酒杯用来喝干红或干白；你去婴儿房经过的那张大床上铺着大片白色亚麻床品，还有客卫，香皂是刚割过的青草味。现在回头看，那房子也不是那么出色——只是肯特镇一条街道上的普通排屋——但当时的感觉，却像在某对时髦的英国父母家中，那时你想，多奇怪啊，这一切，此刻，就是她的生活，直接跨过一室户、合租房、户型糟糕的维多利亚式房屋以及方方正正的共有产权首套公寓，实现了质的飞跃。

但最令你震惊，或许也最令你不安的，是她一心扑在他身上：好像除了两人之间的一切——愤怒，或者争吵——之外，再也没有别的奢望了。在你看来，那是一种令人疲倦的生活方式，尽管你现在觉得，或许根本不是那样，而是他们意识到他们相遇的时刻太晚了，至少对他而言太晚了，因此无法不计后果，或随性乱来。他们爱得谨慎而温柔，不是因为他们不爱，而是因为他们确实以一种沉溺其中的方式爱着对方。

现在，你自己也拥有了力多葡萄酒杯和达丁顿水晶香槟杯，还有日本刀具以及一把精美的磨刀器，有时甚至也会买一瓶瓶芍药，或者至少有一个花瓶里是。这一切都是从哪里来的？那些从酒吧顺手牵羊的杯口厚重、标有刻度的新奇烈酒杯和红酒杯，再到今天这一切，你是如何不知不觉进化而来的？你是如何从你的“先锋”[①]父母那里走出了这么远的？他们在圣诞节或婚礼上喝施乐尔[②]，他们

① 原文为 Pioneer，指圣心先锋完全戒酒协会，是一个为罗马天主教绝对戒酒主义者提供服务的国际组织，总部位于爱尔兰，其成员被称作 Pioneer。

② 流行于英格兰和爱尔兰的一种果汁型饮料。

保存的唯一一瓶蓝色哈维斯雪莉酒是为了迁就你祖母。一场属于你自己的婚礼；跟一个在圣诞节、生日和周年纪念日都出手阔绰的制片人结成的婚姻。然而，你无法摆脱这种感觉：这一切都是不请自来的，你从未渴望或要求过，你也从未感觉和二十九岁、二十七岁，或者，是的，和二十四岁时有任何不同。

我能问你个问题吗？他说。你莫名其妙地紧张起来，说，当然可以。

他捡起已经掉在地板上的那本书，翻开它。

你真的相信——呃，这个吗？他说。人刻薄，又邪恶，或者——换个更准确的说法——人都是该死的？

他看了一会儿那些刻薄又邪恶的人，然后合上书，伸手把它塞回你的手提包。

我从小就被教育相信这一切，你说。上帝和诺亚，大洪水，方舟——我从小就相信这是朴素的真理。相信世界有六千年的历史，魔鬼种下了顽梗的种子，来愚弄我们。

听你的意思，你现在不信了。

你的姨妈：脸色苍白，头发束在脑后，露出新近出现的颧骨，面色憔悴，却被一种信念点燃，那就是你表姐最后会去一个更好的地方。牧师把那些处方药说成她的魔鬼。飞翔的天使最终会与她同在。

有时我觉得继续相信会让事情变得容易些。

所以你就读给你的女儿听？

哦，不是的，你说。不！不是。一回到家，我就会想办法让这本书消失。我姨妈刚给她的。一本读物而已。

我想我愿意相信，他说，人本质上是善良的。

有那么一会儿，你们都没有说话。

我希望可以那样生活，你说，刹那间如释重负。

女儿醒了，她的耳朵很痛，而她无法理解发生了什么。你已经用完了最后一盒牛奶。他去了飞机上的配餐室，拿回一把保鲜装牛奶棒，把它们一个个撕开倒进她的奶瓶里，毫升数不断增加，直到足够她喝。当他做着这些的时候，你抱着她踱步，轻轻摇晃着，在机舱里走来走去，虽然现在灯光暗下来，大部分人都在睡觉或试着入睡，但没有人生气地看着你。奶瓶装满后，他抱着蒂丽，你去了洗手间。在那个小小的金属房间里，你把水泼到脸上，想：我必须做得更好。我必须重新开始吃东西，并且为接下来的事做好计划。

蒂丽又睡着了，但你没睡，他也没有。你们都看着分钟数，蓝色的飞机小图标嘀嗒嘀嗒行进在空旷的北大西洋上空，向上弯折，飞往格陵兰和拉布拉多海，又再次向下，朝爱尔兰飞去，一路朝着家的方向，没有尽头，无法阻挡。你看着它，说了更多话，以下是你谈到的一些事情：多么不可思议啊，让这个巨大而笨拙的流线型金属堆升起而不是落下，升上天空，向上，再向上，沿着看不见的、预先制定好的路线跨越地球，飞机过道悬在半空中，而乘客们在睡觉、看电影、冲马桶，为他们的金汤力索要更多冰块，吃专门设计的、在低气压和机舱干燥的空气中味道依然正常的面包卷；在脚下三万——管他多少——英尺的地方，是世界、海洋、黑暗的怒波，而你在这里，悬浮于这一切之上，以每小时数百英里的速度奔入全新一天的黎明；你说，在这片刻之间，在这个时间之外的时间里，时间作为一种度量单位是多么没有意义，距离也是多么没有意义；你说起了我们旅行的距离，我们从哪里来与我们到哪里去之间的距离，我们自以为的样子和最终成为的样子之间的距离；怎么会这样——谁知道呢——将来，你女儿不会再有跨越大西洋的旅行，至少不是现在这样，这似乎是过去的时代最怪诞的堕落；我们以为，或者说我们活得——至少你是这样，或曾经是这样——好像事情会一直继续下去，极少谈论那些事后想来唯一重要的事情。你说的所有这些话，成千上万句话，没有一句是恰当的，没有一句属于那些可能产生意义或带来改变的金玉良言。而这一次，只有更为急迫的这一次机会，人们可能改变吗？还是为时已晚，一切都已太晚？还是说，另有一个短暂的窗口期，一切还有可能？

这些只是其中的一部分。

飞机降落了。小桌板和座椅靠背，安全带，最后一次客舱检查。模糊的光线逐渐变成星罗棋布的光点；建筑物，街道，甚至单个车辆的车头灯。起落架的嘎吱声和摩擦声，发动机最后的轰鸣。飞机急速俯冲到停机坪上，它令人惊栗的确定性。你的胃里一阵痉挛。

下飞机时他帮你拿着旅行袋，而你抱着仍在沉睡的蒂丽。你们一起等工作人员取来婴儿车，你把车猛地踢开拉直，把蒂丽系在里面。做完这些，你们已经是最后下飞机的了，另外几架红眼航班也已抵达，入境大厅异常拥挤。

天啊，你说。他把一只手轻轻放到你肩膀上。

你好，希思罗，我的老朋友。

有那么一会儿，你们站在那里，在人群中，同气相求。

先生，太太，这边请，一位穿制服的女士说，家庭通道在这边，她滑开隔离带，让你们进入家庭和特别援助通道。

他冲你笑了，你也回以微笑。

谢谢，你对穿制服的女人说。

你熟练地推动婴儿车，加入另一条队伍，那里好像并不快，可能还更慢一些。他在你耳边小声说，对家庭旅行来说，这究竟是帮助还是阻碍，只有时间能证明。

你们作为一个家庭，通过入境处，通过行李提取处，在到达大厅的移动门前停了下来，你丈夫会在那里接你和蒂丽：为了配合你，他订了同一时间从开普敦飞回来的航班。

所以我想就到这里吧，他说。你会好好的，对吗？

会的，你说。因为你还能说什么呢？

你从他手里接过行李箱的把手，你们各自走，此时不再是一个家庭，而是两个完全独立的人，通过最后一条海关通道：无申报通道。

你丈夫不在那里。

你找到一个插座，连上手机。一连串的消息：他在开普敦又被耽搁了，制片人助理最终没能处理好，舞蹈演员摔伤了脚踝，保险的问题，需要重拍的镜头。去机场的途中他不得不半路返回，去处理所有这些事。他得明天才能回到家，也可能是后天，今晚才能知道。他会弥补的。告诉蒂丽他爱她。告诉她他会带来最棒的礼物。去打车吧！

你想，你早就知道。甚至当你在多伦多登机、他给你发短信说他正在去机场的路上时，你就知道并且开始担心起来了。

你按住按键，直到手机屏幕再次变黑。

他留下看着婴儿车、旅行袋和正在充电的手机，你把哭哭啼啼的蒂丽托在髋部，去洗手间的水池边刷奶瓶，然后去 Costa 讨要了一点热牛奶。你本可以自己喝杯咖啡，也该请他喝一杯，但你腾不出手。你想起了你母亲：她需要额外多一双手的玩笑话，她还声称自己后脑勺上长了眼睛，以至于你和你表姐曾在她头发里反复搜找来反驳她这不是真的。那时她应该比你现在年轻，而你和你表姐比蒂丽大不了几岁。

都消逝了，所有这一切，就这么——消逝了。

但你在这里，此时此刻。喧嚣不安的希思罗机场到达大厅，所有团团转的人、向前冲的人、目标明确的人、形色仓皇的人。九月的一个星期二，早上七点十七分。

蒂丽被系在婴儿车里，喝着牛奶，暂时安静下来。

好的，你说，再次接过行李箱的把手。那就这样吧。

我顺路载你吧，他说，司机会来接我，有辆车，我把你安全送到家。

他的眼睛很蓝。

有那么一会，你几乎就要答应了。

你想起了你和表姐喜欢的那种书，有多个路径、多种结局。你们趴在一起，头挨着头，夹住不同的书页和选项，一一打开。你总是小心谨慎，努力避开难关，而她会选择最冒险的路线，就为了看看会发生什么。她会跟他走的。你想：如果她还活着，她会在 WhatsApp 或 FaceTime 的另一端对你说，去吧。

不了，你听见自己说，坐火车对你女儿来说会更容易些，她已经被困了这么久，火车里至少能来回走走，还有，她晕车。坐火车去帕丁顿，然后搭地铁，最后一点路也许就打车，直到结束。

那你的行李呢？他问，还有婴儿车，你怎么办？

人们都很帮忙，你说，他们一直都愿意帮忙，每一段路——这是真的，你突然想起了那个出租车司机，他帮你找了辆手推车，帮你把行李袋推进航站楼，一直推到加拿大航空的柜台；你想起了尚塔尔，她免费帮你升级到超级经济舱，让你和蒂丽有多一点空间；她的长指甲涂成午夜蓝色，镶着水钻，轻轻敲击着，为了报答她，你说你有多喜欢她的指甲，同时伸出了你自己那光秃秃、被咬过的指甲，而她眉开眼笑；你想起了周围那些人，当蒂丽嚎啕大哭的时候，他们没有翻白眼，也没有瞪你；还有他，当然，还有他——突然间，你发现自己就要流泪了，所有那些还没流出来的眼泪。

哦，他说，哦，他说，过来，他双手捧住你的脸，用拇指拂去你的泪水，片刻间，一切都倾斜了。

希思罗到达大厅在你身后溶解了。有一次，你在白教堂美术馆看到一位艺术家的作品：她把一根根金属线缠绕到地球仪上，代表一天之中的航班，然后又设法熔掉了地球，只留下甩糖丝一样的线团。现在你想起了它，想起它如何让你觉得，这些把一个人和另一个人、一个地方和另一个地方连接在一起的线，是多么珍贵、多么强大啊。

我得走了，你说，因为如果你再多待一会儿，你就再也不想走，也走不了了。

你现在去干什么？他问。

是当下这一分钟的现在，还是更具存在意义的现在？你说，不知为何，你努力把声音放轻。

他看了看你，接起你的话茬。在这两者之间？

我们要在火车上看《嗨！道奇》，只要手机有电；我们会在十点前到家；我们会按下电梯里所有的按钮；我们会去购物，也许烤个蛋糕，烤蛋糕其实是借口，是为了磕开很多鸡蛋，用茶勺把蛋壳敲碎。

他笑了。你意识到你喜欢那个笑。你很开心你让他笑了。有那么一刻，别的一切都不再重要。

那好吧，他温柔地说，你听见或者感觉到他吸了一口气，然后慢慢吐出来。放轻松。

放轻松。你也说。

好，他说。再见。

你说，再见。

你真的让蒂丽按下了电梯里所有的按钮，总共七个，从车库所在的地下一层到你公寓楼上的那几层。当门缓缓颤抖着开了又关、关了又开的时候，你没有叹气。你只感觉麻木。你的确烤了蛋糕。你让蒂丽敲碎一整盒鸡蛋。远远超出了你的需要，你觉得没事，待会你可以做个煎蛋饼。你跟她讲了那个关于哈姆雷特和自我的笑话，关于这个笑话，你表姐在十三岁时，曾经不得不跟你解释一番，你为这个笑话的机智大笑不已，然后，在她看见你的笑容变为抽泣之前，你转过身去。

从你小小的阳台上看出去，九月的天空高远无云。

你想，你可以给他发邮件。你们没有交换邮件地址，但你可以通过谷歌查找他的名字，他的公司。你不会这样做，但你可以。

你点击了手机上的谷歌图标。

你不会。你没有。

你转而看起了手机上的加拿大地图。它如此广阔，让你着迷，有这么多的空白：多伦多、渥太华、蒙特利尔，然后是魁北克市，从纽约州和美国国境线向北正好连成一条直线；在它们上面，是安大略、魁北克、纽芬兰和拉布拉多的开放空间，往西，是马尼托巴、萨斯喀切温和不列颠哥伦比亚的广袤地带；温哥华，他出生并度过了二十五年婚姻生活的地方，再往北是育空地区和西北地区，以及努纳武特地区，一整片地方，如此空旷，如此浩瀚，以至于你得扶住栏杆才能站稳，被一种乡愁弄得几乎弯下腰，这阵突如其来的强烈的丧失感。

深呼吸，你告诉自己，深呼吸就好了。

你丈夫只是在尽力而为。自从蒂丽出生、你停止工作后，他就一直忧心忡忡，担心如何养活你们，担心他的行业不稳定，担心组成一个家庭意味着什么。他在尽自己的一切努力，你认为你也应该尽一切努力，去继续爱他，你认为出了问题或误入歧途的爱也是一种流放。

你告诉自己，不搭车是对的。那将是一条被逾越的线，某个新的边界、新的国度，你可能再也回不来了。

但是。

你想知道，忍不住想知道，如果你跟他走了会怎样：上了他的轿车，甚至回他的宾馆，也许，在那里，他会拥你入怀；在你面前跪下来，然后脸紧紧贴着你；他把牛仔裤从你的髋部褪下，解开你的衬衫，把你轻轻放在他的床上；也许那就是你想要的，有人脱下你的衣服，让你躺下，帮你做出决定；但是，不管你怎样努力在脑海中上演这一幕，你都无法忽略你女儿就在那里的事实，然后一切烟消云散。

你打算让蒂丽坚持到她正常的睡觉时间，但她太累了，所以你在午后败下阵来。这意味着她会在午夜两眼圆睁，你很可能也是。她想要那本书，你忘了把它丢掉了，但你还没开始读，她就吮吸着你格子衬衫的衣领睡着了。

在松开她之前，你在那里躺了一会儿，凝视着那些长着丑陋的妖怪脸的卡通人物。所有人都刻薄又邪恶，但他说得对——人们不是那样的，过去不是，将来也不是，那不是你想度过此生的方式，不管生活对你来说还剩下什么。你想，他们只是在尽自己的最大努力，或者他们以为的最大努力；而且与坚定、正直、善良的诺亚不同，从来没有人告诉他们，他们会死，或者被拯救，也没有人告诉他们，无论怎样，最终是否是有意义的。

奉献

大雪当前，你比计划提前一晚上了路。乡间小墅偎依在一个陡峭的山坡上，要想抵达，必须得穿过两片羊群遍布的田野，一旦下雪路就会被切断。

那天早上，一只谷仓猫头鹰从山谷一个废弃的住所里飞出，朝你猛扑过来，在一飞冲天之前，它那苍白的圆脸和弯曲的臂展在你心头掀起一阵涟漪。你从原本是窗户的空隙里张望，把大孩子扛到肩头，好让他们也能一探究竟。楼板已经腐烂了，但外部结构坚固，老式的铸铁水槽仍旧完好，有那么一会儿，你想象自己住在那里，迈出房子，踏进晨光中。古老的山楂树被冰冷而纯净的风吹弯了腰，仿佛在祈祷。

回到小墅后，你在一本书上读到，过去，谷仓猫头鹰的叫声预示着即将到来的死亡；这个孤独与亵渎之地的栖居者。白天出现尖叫的猫头鹰的确是下雪的征兆；或者预示会有一个女巫来吸婴儿的血。但在当时看来，这与其说是一种警告，不如说是某种奇怪的祝福。

你装好车，设置好卫星导航，好像是被旅程本身的动力所驱使，逼仄弯曲的穿山路会变成公路，再变成高速公路。你在节礼日驾车疾驰，被标识着“北方”的路标逗乐了，好像北方是一个地方，而不是一个概念，不是相对的，而是真实的。你想念你自己的北方，怀念在平安夜的清晨，绕着空无一人、充满期待的城市所做的漫步仪式。那是一座从污泥中被拯救出来的城市，一座被水统治的城市，天空在那里缓缓流淌。你在最不可能的时刻感受到它的拉扯，就像探测杆的抽动。你从没想过会把肮脏的伦敦东区称作家。

你说了再见，在结霜的空气中瑟瑟发抖，表亲们在一群瘦弱的肢体中挤来挤去，你把孩子们放进车里，系上安全带，在他们的睡衣外面套上开衫。男孩的脖子套着一个大象形状的颈枕，婴儿朝后坐在婴儿座椅中。时间刚过六点；导航说你应该能在午夜之前到家。天空中星星闪耀。感觉时间比实际上晚了几个小时、晚了几年。你现在看到的光，早在你、早在这一切的千万年之前就离开了那些星星。你拉上车门，挥手示意，宽阔的石板和厚重的门楣之间透出橙色的光块，短暂地勾勒出其他人的身影，然后天地倾斜，汽车急转，他们也随之消失在视线中。

到了唐卡斯特郊区，天开始下雪，A1（M）公路变成了 A1①，然后又变成了 M18②，不知为何，最早的几个“南方”标志不再那么迷人了。你一路经过谢菲尔德、切斯特菲尔德、诺丁汉和格兰瑟姆，这个国家的心脏地带，但你对它们一无所知。伯明翰属于中部地区，而彼得伯勒是连接南方和北方的枢纽，尽管你在这里待了这么多年，你还是很难在地图上找到它们。卫星导航被半开玩笑地设定成北爱尔兰口音。在很多地方，这个口音都在努力模仿莎士比亚式的英语：几百年来，那些韵律和双关语都为种植园主和获赐大片土地的都铎贵族所专有，他们不能跟失产者通婚，甚至不允许雇佣他们。继续直行。

---

① A1 是连接伦敦和爱丁堡的南北主干道，其中的 A1（M）路段连接的是北约克郡的利明和兰开夏郡的巴顿。

② 是英格兰约克郡的一条高速公路，连接罗瑟勒姆和古尔。

旅程开始没多久，孩子们就睡着了，随着里程的延长，他们继续睡着。那只蓝色的小箭头沿着既定的路线盲目地爬动。

音乐，然后停下音乐；交谈，然后陷入沉默。在夜间、在时间之外驾驶的亲密感。小时候那些漫长的旅程又回到你身边。从多尼戈尔度假回来，驶过格伦森山口；经过泥煤矿区时，毯子沼泽的黄草被乱伐成深褐色；碎石坡从斯佩林山脉最高处蔓延下来；从埃尔郡出发，经过缓慢而熟悉的道路返回斯特兰拉尔；轮渡最深处传来柴油的腌渍味；当它顽强地穿越爱尔兰海驶入海湾时，你在黏糊糊、布满盐粒的甲板上努力保持着平衡。再次挤进汽车里，舷梯摇摇晃晃，哐啷作响，回家的最后几英里路，想要回来，却又不希望旅程结束。

孩子们压根儿不会记得这些，这让你震惊，就像这些天你经常感到震惊一样。婴儿完全不会记得，连男孩也几乎不会记得，除非它变成一个家庭故事。还记得那次跟你的表哥们一起住在约克郡吗？白天一只谷仓猫头鹰朝我们扑过来。不过，你想，它无论如何都在那里，在某个地方，无论后来变得多么遥不可及。

你丈夫按下车窗，又关上：一阵冷风吹来，你耳边响起阵阵轰鸣。他累得脸色发白，你突然涌起一股对他的爱意。你撕开一块金币巧克力放进他嘴里，自己也吃了一块，这是从儿子的圣诞袜里偷来的，那廉价、粗糙、金属般的味道。你强迫自己坐直，保持清醒，让自己的眼睛聚焦，穿透雪花那催眠般的漩涡，仿佛你的注意力能让你们一路平安。

离家越近，路程越缓慢，最后几英里是爬动着完成的。伦敦没下雪，只有湿冷的雪泥残留在路肩上。人行道上堆满了垃圾袋和纸板箱，已经偶尔能看到发黄的圣诞树。穿过波普勒和东印度码头。商业路上的莱姆豪斯和斯特普尼，曾经的果园巷，然后是阿维克菲尔德；在那之前，是东区一系列最深的瘟疫坑洞。公屋和马厩，市场花园和音乐厅。闪电战。一个破败的公园，以一个被刺死的年轻希尔赫蒂族服装工人的名字命名，当地的酗酒者和一群群好斗的鸽子是这里的常客。在外卖店的抽风机旁，针管散落在角落里古老、风化的墓碑之间。

家，你想；一个芝诺悖论。运动是不可能的，变化是一种幻觉。箭矢既没有朝它所在的地方移动，也没有朝它不在的地方移动，所以圣塞巴斯蒂安从未死亡。埃利亚的芝诺，柏拉图和他的洞穴，亚里士多德，苏格拉底和他的一杯毒芹。你花了数年研究他们，试着把自己塑造得像他们那样思考。近来，他们所说的一切都失去了意义，至少变得无关紧要。现在你想知道他们是否凝视过一张新生儿的脸，感受世界的倾斜和消逝；是否见证过一个孩子长大，感受时间造成的恐慌。运动并非是不可能的，事实恰恰相反。生命匆匆而过，流过试图将它猝然攫取的努力，然后猛然断裂，向你展示下一个世界的一瞥，然后是下一个，以及即将到来的无休无止的变化。

在地下停车场，你跟熟睡的孩子坐在车里，你丈夫把行李拿上楼去，打开暖气，给儿子的小床准备一个热水袋，那张床放在一扇四处漏风的窗户下面。这些投入，这些奉献，平淡而没有止境，日子来了又去，从我们脚下匆匆而过；我们爱的尺度。

你丈夫回来了，拿起婴儿提篮和最后一件行李，你解开安全带，抱起你的儿子，他那惊人的重量，你让他用手臂搂住你的脖子，用双腿环住你的腰，他喃喃自语着，朝你嘟起嘴。你在这里，一个有孩子的母亲，一个四口之家，这让人感觉不可思议。所有你曾经成为的人，或者想象去成为的人。所有你曾经认识的人，爱过的人，爱着的人。有时，在生活中，你会充满困惑地看着这一切；而在另外一些时候，你会充满惊奇地说，是的，我愿意接受这一切。我愿意。

走过停车场，走过低矮的天花板、闪烁的灯光和潮湿的气味，慢慢上楼，一共四层，或者五层，每层都停顿一下。然后进入公寓，散热器的滴答声和难对付的管道发出的咔嚓声，你梦游般地把儿子带去厕所，在他嘟囔着瞄准的时候抱住他的臀部。解开他的开衫，把最后一个木质牛角扣从过紧的扣眼里拧出来。开衫是你母亲织的，从下新镇路上买来的羊毛，纽扣来自你从小就喜欢的那个盒子，你曾经用手指穿过那些滑溜溜的扣子，挑出一个，把它紧紧握在手里。你想，如今，为所爱的人织一件毛衣如同咒语；每一针都是为了保护他们的安全。你把小衫折起来放在椅子上，上面仍旧带着他的体温，你最后一次抱抱他，把他塞进被子里。这是我的床吗，妈妈？嘘，没错，是你的。好，我们永远永远不离开，答应我，妈妈，答应我们不会离开，好吗？对此，你还能说什么呢？你只能说，嘘，我爱你，都没事了，一切都会好的。我爱你，嘘。

婴儿醒了，正在哭闹，你丈夫一边给她换尿布，一边试着安抚她，他发出嘘嘘的声音，唱着歌，转动尿布台上方的旋转床铃，但她的哭声越来越高，她只想要你。这种负担，这种特权。你把她抱到你的床上，她紧紧贴着你，拼命吮吸起来，最后终于懒洋洋地睡着了，嘴巴还张着。你把她放在胸口上，像她刚出生时那样，好让她听到你的心跳。她已经太大了，不适合这样做。你能随着每次呼吸感觉到她的肋骨向外隆起，挤压着你的肋骨。你以为你永远不会忘记这些呼吸的重量，但是你忘了，下一个新生儿依然脆弱而无力得令人恐惧，好像它们还没跟这个世界建立起联系，尽管你努力不去这样想。那次，你和你丈夫第一次作为新手爸妈去城里，你在电梯里看到两个学步的幼儿坐在童车里，跟旁边婴儿提篮里你那尺寸得当的长子比起来，他们如此肿胀、如此过度生长，你忍不住笑出了声。

你想给你的丈夫发信息，分享这段回忆，但你发现手机落在车里了，就在副驾驶位的储物格里。你差点想要发信息告诉他，你把手机落在那里了，问他能不能——

相反，你闭上眼睛，听着他在隔壁房间为儿子唱他喜欢的歌，关于龙、花儿和祖父的钟；所有这些歌最终都是关于失去的，也许这就是你唱它们的原因：为你缺席的时刻打预防、做准备，到那时他将全然不知道你曾经多么爱他，不知道那日常的劳作和其中的祝福。你还记得那只猫头鹰吗？

山谷似乎是上辈子的事了。就在今天早上，你还爬上山去看池塘，里面溢满了冬日的雨水，周围光秃秃的树木似乎还从未想象过它们的叶子。你儿子努力尝试着跟上表哥们，后来他想要你抱着。他们说，明年夏天再来吧，我们可以去山坡上野餐。有那么一会儿，你看着你的儿子，晒黑的腿和金色的头发，争抢着向前跑，欢快地离你而去。也许到那时，婴儿也会走路了。

她温暖的重量压在你的胸口。你脑海中浮现出济慈的诗句，那首十四行诗就在那本破旧的 A 级教科书的最后一页，可能是他写的最后一首诗。永远枕在我亲密爱人的胸口上。不，不是这么写的，但你现在无法查证，所以你任其飘走。大自然不眠的隐士。你记得那首诗的韵律。如果，永恒并不意味着无穷的时间，而是从时间中逃走呢？如果，从永恒的角度看，时间像水滴一样被自己表面的张力固定在一起，如果所有已经发生或者将要发生的事，都是同时上演并且已经结束了呢？

然后，你想起了所有那些在你体内、在你脑中一闪而过的孩子们：你跟他们从未谋过面，从未亲吻过，从未拥抱过；但你在爱那不可测量的深度和范围内承载着他们。

未曾活过的生活；未被爱过的爱。

在这一生中，我们可以选择最神圣的，并尽最大努力去为它增添荣耀。

高山和荒原上的雪。

婴儿的呼吸。这个，这个，这个。

亲密

一

想象一下。我在机场，带着你哥哥飞往某处，或者试图飞往某处；由于某些原因，航班延误，一切都很混乱。你的哥哥还不是你的哥哥，从任何实在的意义上来说，你也不是你，虽然有时我似乎能瞥见你的身影，在意识边缘，当我快要睡着或者即将苏醒的时候。扩音器刚刚传出通知，我们的航班已经开始登机了，要去登机口乘摆渡车，有十五分钟的路程。你的哥哥还没有小睡，我也没有吃东西；他扭来扭去哭个不停，所以我试着用一只手把他托在胯部。我推着摇摇晃晃的婴儿车在三明治吧排队，婴儿车上放着我们的行李袋。终于轮到我们了，收银员让我上前一步。当她问我要点什么咖啡时，一个小麦肤色、衣冠楚楚、戴着袖扣和昂贵手表的男人走上前说，很明显轮到我了，你插队了。

我没有插队，也可能插了，但完全不是故意的——还有，收银员脸上轻蔑的表情刺激了我，我怀着一股自以为正义的冲动转向他，发表了如下宏论：就算下一个该轮到他了，就算我有意插队，就算他的航班和我的一样正在登机，他也该看看一点点同情心能给他带来什么，因为无论感觉自己多么占理——毫无疑问这就是他的感觉——你都不可能知道别人的想法或心情，以及自己的行为有可能成就或毁掉别人，至少成就或毁掉他们的一天。试试吧，我激动地说，试着有点同情心吧，看看它能给你的生活带来什么。

在此，我应该补充一点，这发生在我们失去你，或者我们认为是你的那个婴儿两天之后。只是一团细胞，远远少于我们认为的周数，没有心跳，在手术室里只待了不到二十分钟，午饭前就回家了。然而。

商务人士伸伸手臂，露出袖扣，挺了挺胸膛，得意地笑了。谢谢，我在生活中做得还不错。我立刻回嘴：我说的是你的精神生活，它也短暂地绽放过光芒。

五分钟后，我想：天呐。

如果我在场的全部意义就是，那反而是我展示同理心的机会呢？在那个队伍里，在那一天，我迟到了，毛毛躁躁，悲伤而疼痛。

当然是那样，而我搞砸了。

假设不只如此呢？假如我整个的生活，我所做的一切，我去过的所有地方，我认识的所有人，都导向那里呢？一个琐碎的、看似平凡的时刻，其中蕴含了转变的可能性。我却因为手握正义而沾沾自喜。如果，就像当时以及此后几乎每一天我问自己的那样，如果我们最不喜欢的人——从宿敌，到某一刻的对立者——其实是最爱我们的人呢？他们爱我们至深，以至于选择承受我们的愤怒、责难和轻蔑。我们以为，考验会在我们准备好的那一天降临，那时我们精神振奋，做好了万全准备，但事实并非如此：考验不请自来，出人意料，并且伪装成最普通的时刻。

这是我要告诉你的第一件事。

二

人们在地下岩壁上涂抹赭土；人们摊开手掌放到石头上，吹散颜料，留下手掌的轮廓；人们把驯鹿的茸角雕刻成管，吹奏三个上升的音符；人们离开洞穴，嘴唇、手腕和额头上沾满污迹，或庄严肃穆，或谈笑风生地爬进光明中。我们出现在这一天、这一刻：我们。在消失于耳畔后的很长时间里，那一小撮音符还持续振动着，永远改变了外面空气的形态。

你出生在肆虐的热浪中。在整个英格兰，还有爱尔兰，被烈日炙烤的土地袒露出它们的秘密：铁器时代堡垒的轮廓，废弃的维多利亚花园，中世纪的城堡和二战时期的机场。广播里，人们解释着那些风景中的疤痕：它们被称为作物标记，当植物从原来防御工事所在的沟渠里吸收了水分和养料的时候，它们就会出现。我还读到，时间并不能让伤口愈合，或许说它有时可以，但有时也能把伤口重新揭开。缺乏维生素 C 意味着身体的胶原蛋白已经耗尽，这时，旧的伤疤就会再度出现并重新裂开。在海上，罹患坏血病的水手会发现自己死于陈旧的、被覆盖的伤口，死于他们认为已被克服的童年创伤。我躺在床上，你的哥哥在我身旁打盹，他起伏的胸部，被口水浸湿的潮红脸颊，还有收音机的低语，我想着这些，想着那些未知和已知的事情。

随着时间的推移和海水的退去，科学家们在一个河口的岸边发现了一串脚印，它们可被追溯到七十五万年以前。令人难以置信地，他们推断出一个女人曾经走过那里，一个年纪二十岁左右、身高一米五的健康女性。跟她走在一起的还有三个或四个孩子，年龄在二到八岁之间。在某处，她大概抱起了那个最小的。他们向北穿过湿漉漉的泥地，穿过咸水，寻找贝类和可以吃的植物。那时的气候更接近现代的瑞典，而不是今天的英格兰东部，夏季凉爽而湿润，冬季则十分严酷。他们走过的河谷可能牧养过长毛象、河马和一种原始犀牛。当他们行走时，先是他们的脚后跟，然后是他们的脚趾，陷入泥土中，潮汐、沙子和沉积作用的突发奇想，让他们的脚印一直保留了所有这些世纪，保留了几千年，直到那个夏天它们短暂地出现，而一出现，就消失了。

这是第二件事情。

三

第三件事情是，最近我一直在重新阅读温尼科特[①]：就像能猜中我们的心思似的，他那个足够好的母亲无处不在。他对自己想象中的年轻母亲说，仅仅因为你是一个婴儿的母亲，你就能做到并知晓一些东西，而这些东西与你通过学习获得的东西相距甚远，就像英国东西海岸那么远。他说，怎么强调这一点也不为过。如果说那个发现了预防佝偻病的维生素的教授能教你很多东西，你也能真真切切地教给他另一种知识，它们自然而然地出现在你身上。我们知道，我对自己说。有时候我们忘了自己知道，或者不相信我们知道，但是我们的确知道。

我们有太多东西要学习，你来这里也正是为了教会我，然后我们一起学习。

但在内心深处，我们知道。

① Donald W. Winnicott（1896—1971），英国精神分析学家。

我们对爱知之甚少，我们让恐惧挡住了去路：害怕我们不够好，或者我们没有准备好，或者我们会把事情搞砸。害怕我们爱得不恰当，或者不充分。当我在身体里培育你的时候，我也在意识中培育你；后一项任务同等重要，是转入内在，是一种守夜，是将你想象进存在的黑暗艺术。当然，你出生的时候会打破所有期待；你保留住了自己；当时真的就是这样，以至于最初几个小时和最初几天，在一种掺杂着慌乱的困惑中，我唯一能对你父亲说的就是，我不认识你。直到不知不觉地，突然间，有些东西摇身一变，你就是你自己。

四

我希望我能告诉你我的挣扎，以一种充满意义的方式，甚至能带来一些实用价值。但那个秘密，我们所打的最重要的战役，几乎是无法向任何人传达的；再说，你也有自己的刀山火海要跨越。

我日复一日对自己说，每一天，每一天的时时刻刻，都是用爱而不是恐惧回应这个世界的机会。恐惧不是一种对等而相反的力量，而是爱的缺失，是某个东西扭曲变形或误入歧途的征候或信号。但我害怕做出错误的选择或是错误的事情。我害怕成为你生活中的障碍。我记下了艾德娜·旁特里尔在凯特·肖邦[①]的《觉醒》中所说的话：为了我的孩子，我愿意献出我的钱，我愿意献出我的生命；但我不愿意献出我自己。我不敢问自己，或者换一个更好的动词，我不敢回答自己，这到底是不是真的。

五

今年夏天，我迷上了弗朗索瓦丝·吉洛特，她是一位艺术家，爱上了毕加索。他们相遇时她二十五岁，而他六十一岁。他们一起生活了将近十年，生了两个孩子。据说，她是唯一一个离开毕加索的女人：正是这一点，她的离开，让我着了迷。

离开他之后，她写了一本回忆录，《丑闻的成功》[②]，

---

① Kate Chopin（1851—1904），美国女作家，代表作有《觉醒》《河口人们》等。

② 原文为法语。

各种各样的评论都认为，这本书精湛地洞察了与天才在一起的生活，这对我们理解毕加索至关重要。但对我来说，这似乎是她自己的自画像，她以自己的方式探寻他在哪里结束，而她又从哪里开始。评论家们上气不接下气地列出了一长串名单：贾科梅蒂和纪德、夏加尔和卓别林、科克托、海明威、马蒂斯，那些充斥她书中的浮夸人物，但在读这本书的时候，我的眼里只有她，观察他们的她，而且我越来越意识到她会离开他，她不得不离开他，离开那个世界，他背后的世界。

这本回忆录最近重新出版了，为了纪念这次重版，她接受了《纽约时报》记者的采访。她一直很不耐烦，有点刻薄。她说，为什么我要回头看两次？所谓遗憾是因为你没有做某件事。你必须忠于自己，只有这样，如果还有时间的话，你才能忠于别人。

我看着封底内页上她的照片：九十七岁了，头微微歪斜着，沉静而自如，富有光泽的黑发用玳瑁发夹卡向一边，似笑非笑的双唇，眼神坦率、明亮而严肃。但造就整幅画面的是她的双手。她把它们举在身前，苍白，宽大，布满青筋，左手交叠在右手上面，食指轻触着喉咙。这是一个小心翼翼的姿态，也是一个十分脆弱的姿态。我看着这张照片，想起三十岁的弗朗索瓦丝，二十一岁的弗朗索瓦丝。她那令人尊敬的、中上阶层的父母把她送进剑桥大学和索邦大学，希望她能成为一名律师；她自己的孩子，在她离开后，被禁止见那个暴怒的父亲；她的朋友和评论者，团结一致地谴责她；还有公众的抗议和愤怒，还有灼伤人的垂涎。她那必要的粗暴：我为什么要害怕呢？

有一幅画我看了又看，画的是她的小女儿，睡在自己的婴儿床上。这幅画拥有毕加索式的解构风格，孩子的四肢交叠，但不知何故，这幅画比毕加索的立体主义柔和得多，没有那么多棱角。孩子的脸是完美的——迷离的眼皮、嘟起的嘴巴，你能在里面看到那个正在望着她的年轻母亲，她的爱、恐惧和奉献。

当你睡着时，我看着你，在脑子里写下这些话，想着你生命中所有那些不得不离开的时刻，离开某个人、某些东西，或者某个地方，但最重要的是离开某个人。我想起了那些我自己不得不离开，然后再次离开的时刻。我想知道，生命中有多少部分是为了离开而进行的排练？我想起了弗朗索瓦丝，我想起了玛雅·安吉洛[①]的话：当有人向你展示真实的自己时，请第一时间就相信他们。在餐厅里，毕加索跟他的同伴多拉·马拉一起走到弗朗索瓦丝的座位旁，递给她一颗从他的碗里拿的樱桃。我告诉你的第五件事情便是：当所有这些时刻到来的时候，我祝你一路顺风。

六

现在，在离我写作的这个房间不远的另一个房间里，我让一个男人闭上眼睛。我解开他的衬衫，所有七个纽扣，然后是两个袖扣，我把衬衫从他的肩膀上褪下来，任其滑落。我脱下他的裤子，一一解开裤钩、纽扣和拉链，帮他从裤腿中迈出来。当他浑身赤裸时，我解开自己裙子的绕颈系带，从里面走出来。我把他的双臂举到空中，拿起裙子，让它绕着他的胳膊落在他身上，滑润的丝绸无声地落到地上，我走到他身后，把丝带系到他脖子上。我能

---

① Maya Angelou（1928—2014），美国作家、诗人。

感觉到他急促的呼吸和心跳，仿佛那是我自己的。我从他身边走开几步，然后立定。我对他说，睁开眼睛走过来。他照做了，他做到了；而我明白了一些以前不曾知道的、关于欲望的事。

我想告诉你，去寻找一个人，你可以跟他谈论所有不能言说之事。你看：我可以让两个人走进一个房间，并让他们向对方做一些他们永远没有想象过的事情。我可以让时光倒流，或者采取完全不同的路线。我可以召唤死者。这是一种可怕的巫术，我是不会把它遗赠给你的。这就是第六件事。艺术只是一种过量的欲望，这些话只是未付出的爱的货币。

七

然后是第七件，也是最后一件事，最平庸也最深刻的一件。对你爱的人说你爱他们。到头来，这将是唯一重要的事情；是我们唯一可以带走的东西。现在就说出来吧。这些小小的、琐碎的、能带来改变的言辞。

我不知道当你读到这些的时候会是多大年纪，以及我是否已经不在这个世界上了，我好奇那个黑暗的魔法，即无论如何都会有一种方式，能让我告诉你这些事，能让我把它放到某个地方，这样到了某天，当你需要的时候，你就会懂得[①]

时间只是时间的梗概：一切都是永恒的，没有什么会失去

我们的灵魂会以某种方式记得，它们会在我们身体中升起，以晓谕我们

我就在这里

这个私人的空间是通过违背公共利益来实现的，又因为公共利益而得到某种保障

亲密，这个词一六四一年首次出现在英语印刷品中，

① 从此处开始，下面的每句话都没有句号，原文如此。

一同出现的还有灵柩台，卡里斯玛，窃听；还有欢庆，至圣所，无穷数，纠缠，以及等价的，疾驰，展开

我把这些词也一同给你，所有这些词

所有你将亲历的词语，你将爱上的人，以及你将前往的地方

爱是紧握，也是一种放手

所有一切，每一样东西，都同时在发生

此刻就是永远；而这就是我使之成真的咒语

Lucy Caldwell
INTIMACIES（ALL THE PEOPLE WERE MEAN AND BAD）

图字：09－2024－0025 号

图书在版编目（CIP）数据

所有人都刻薄又邪恶 / （爱尔兰）露西·考德威尔（Lucy Caldwell）著 ；刘伟译. -- 上海 ：上海译文出版社，2025. 1. -- ISBN 978－7－5327－9731－8

Ⅰ. I562. 45

中国国家版本馆CIP数据核字第2024DQ5305号

所有人都刻薄又邪恶
［爱尔兰］露西·考德威尔　著　刘伟　译
特约策划/彭伦　邱宇同　责任编辑/王嘉琳　封面设计/一亩幻想

上海译文出版社有限公司出版、发行
网址：www.yiwen.com.cn
201101　上海市闵行区号景路159弄B座
启东市人民印刷有限公司印刷

开本850×1168　1/32　印张7.375　插页2　字数61,000
2025年1月第1版　2025年1月第1次印刷
印数：0,001—5,000册

ISBN 978－7－5327－9731－8
定价：66.00元